어떤 죽음이 삶에게 말했다

생의 남은 시간이
우리에게
들려주는 것

김범석 지음

어떤
죽음이

삶에게
말했다

흐름출판

이야기를 시작하며

삶은 누구에게나 유한하고 무한히 사는 사람은 세상에 없다. 이 승과 작별하는 데에는 누구에게나 정해진 시간이 있다. 특히 암 환자는 더 그렇다. 나는 종양내과 의사이다. 암으로 인해 기약된 순간이 환자에게 다가올 때 그것을 조금씩 뒤로 미루는 일, 그것이 나의 일이다. 내가 만나는 환자들은 대부분 4기 암 환자들로 이들은 완치 목적이 아닌 생명 연장 목적의 항암치료를 받는다. 나는 의사로서 환자가 조금 더 천천히 떠날 수 있도록 항암치료를 할 뿐만 아니라 새로운 치료법을 연구하기도 하고 신약 임상시험도 한다. 그렇게 시간을 벌면서 마지막 순간을 뒤로 미루기 위해 발버둥친다.

의사 면허를 딴 지 딱 18년이 되었다. '대형 병원에 근무하는 종양내과 의사'라는 직업을 가진 탓에 정말 많은 사람들의 삶과 죽음을 지켜봐왔다. 또한 그만큼 수없이 많은 환자들을 만났고, 무수히 많은 생의 마지막 언저리를 마주해왔다. 다행히 의학의 발전 속도는 눈부셔서 새로운 항암제가 많이 나오고 있고, 그 덕에 암 환자의 수명도 점점 늘어나고 있다. 뿐만 아니라 기본적으로 인간의 수명이 과거에 비해 놀라울 만큼 늘어났다. 의사로서 참 감사한 일이다. 그러나 지연된 죽음과 늘어난 삶의 시간을 지켜보며 좀처럼 한 가지 의문을 지울 수 없다. 이렇게 삶의 시간은 더 주어지는데 이 늘어난 시간을 우리는 어떻게 쓰고 있을까? 인생에 주어진 시간을 잘 사용하고 있는 걸까?

사람들은 의사가 환자를 치료하는 것이라고 생각하지만 꼭 그런 것만은 아니다. 생각해보면 환자가 의사를 먹여 살리는 셈이고, 때로는 환자가 의사를 치료하기도 한다. 지금까지 만나온 환자들의 선택이, 그들이 꾸려가는 시간이, 말과 행동 하나하나가 내게는 반면교사가 되기도 했고 정면교사가 되기도 했다. 내가 만난 환자들은 삶과 죽음으로 살아 있는 나에게 많은 이야기를 들려주었다. 그 속에 담긴 의미를 찾아가는 과정이 마치 생의 숙제를 푸는 것 같았다. 그들이야말로 나의 선생님이었다.

그러나 가끔은 환자들의 가르침이 버거울 때도 있었다. 어떤 죽음은 나를 무겁게 짓눌렀고, 어떤 죽음은 몹시 가슴 아프게 했으며, 어떤 삶은 나를 겸허하게 만들었다. 나는 그럴 때마다 그것을 복기하고 잊어버리지 않기 위해 틈틈이 기록을 남겨왔다. 내가 감당할 수 없는 이야기도 있었고, 적어 놓기라도 하지 않으면 못 견딜 것 같은 순간도 있었다. 삶과 죽음에 대한 과정을 복기하고 글로 남기는 과정에서 내가 모르고 있거나 잊어버렸던, 혹은 찾고 있던 의미들을 발견할 수 있었다. 그렇게 환자들은 때로는 살아서 때로는 죽어서 나를 떠났지만 나는 여전히 여기에 남아서 그들이 남긴 흔적들을 되짚으며 그 의미를 되새기곤 했다. 그래서 때때로 '죽음'이라 쓰고 '삶'이라 읽어야 한다고 생각했다. 삶을 잊어가는 나에게 누군가는 계속 의미를 물어왔으므로.

한동일 선생의 저서 《라틴어 수업》에 언급되는 라틴어 명구 중에 "오늘은 나에게, 내일은 너에게(Hodie Mihi, Cras Tibi)"라는 말이 있다. 오늘 누군가의 죽음은 내일의 내가 닿을 시간이고, 어떤 죽음은 분명히 아직 남아 있는 이들에게 뭔가를 이야기한다. 뜻하지 않게 자신이 떠나갈 때를 알게 된 사람들과 여전히 떠날 때를 알지 못하는 사람들을 생각할 때 나는 그 이야기를 함께 나누고 싶었다. 그것은 우리에게 주어진 시간의 무게를 다시 생각하게 하고, 언젠가는 찾아올 '나의 죽음'을 마주하게 하기 때문이다.

그런 의미에서 이 책은 일종의 비망록이기도 하다. 내가 만났던 환자들의 삶이 헛되지 않도록 이야기를 축적하고 기억하고자 남긴 기록이기 때문이다. 돌아가신 분들의 모습을 통해서 지금의 우리를 돌아볼 수 있다는 것, 그들의 죽음이 사라지는 것이 아니라 누군가에게는 기억되는 죽음이라는 것, 나아가 누군가의 죽음이 어떤 이에게는 삶이 될 수도 있다는 것을 이야기하고 싶었다.

다만 혹시라도 고인의 죽음을 모독하거나 어쩌면 내가 다 알 수 없는 고인의 삶의 의미를 훼손하는 것은 아닌지 늘 걱정되고 두렵다. 환자의 개인정보를 보호해야 할 의사의 윤리적 의무와 직업적 책임 속에서 내가 글을 쓰는 것이 무슨 의미가 있는지도 고민이 많았다. 그런 이유로 개인정보가 노출될 만한 신원과 일부 상황들을 조금씩 바꾸어 적었다. 이름은 가명보다 단순한 알파벳으로 적었고 대화는 내 기억을 근거로 재구성했다. 환자의 개인정보 문제로 도저히 꺼내 보일 수 없는 환자들의 이야기는 내 컴퓨터 속에 잠들어 있다.

누군가의 어제는 우리의 오늘에 영향을 미치고, 우리의 오늘은 또 다른 이의 내일에 영향을 미친다. 삶은 그렇게 연결되어 있고 우리 모두는 이어져 있다. 누군가의 삶과 죽음에 대한 기억이 다른 이의 삶에 작은 변화를 불러올 수 있다면 나는 그들에게 진 빚을 비로소 갚을 수 있을 것이라 생각한다. 어떤 죽음이 삶에게 전하는 이야기들을 이 책에 담아서 당신에게 바친다.

끝으로 책이 나오기까지 많은 도움을 주셨던 고주미 선생님, 거친 원고를 편집해주신 흐름출판 김수진 편집자에게 감사의 인사를 드린다. 책이 나올 때까지 응원해준 사랑하는 가족들과 의업을 가르쳐주신 은사님들께도 감사하다. 누구보다도 나와 인연을 맺고 치료를 받았던 환자분들에게 진심으로 깊이 고개 숙여 감사의 마음을 전한다.

-2021년 1월, 김범석

차례

1부.

예정된 죽음 앞에서

\#

  …사람은 누구나 "주어진 삶을 얼마나 의미 있게 살아낼 것인가"라는 질문을 안고 태어난다. 일종의 숙제라면 숙제이고, 우리는 모두 각자 나름의 숙제를 풀고 있는 셈이다. 물론 이 인생의 숙제를 풀든 풀지 않든, 어떻게 풀든 결국 죽는 순간 그 결과는 자신이 안아 드는 것일 테다. 조금 다르게 생각해보면 기대여명을 알게 된다는 것은 마음 아픈 일이지만 조금 달리 보면 특별한 보너스와 같을지도 모른다. 보통은 자기가 얼마나 더 살지 모르는 채로 살다가 죽기 때문이다. "자, 당신의 남은 날은 ○○입니다. 이 시간을 무엇으로 채우시겠습니까?" 물론 이 문제를 다 풀지 않는다고 뭐라고 하는 사람은 없지만 빈칸으로 남겨두기에는 아쉬운 일이다.

너무 열심히 산 자의 분노

남자의 눈에는 살기(殺氣)가 어려 있었다. 나를 죽일 것만 같았다.

"더 이상 항암치료를 못 한다니요? 그게 무슨 소리입니까?"

"신장암에 대해 할 수 있는 모든 항암치료를 다 해봤지만 이제는 더 이상 방법이 없습니다."

"뉴스에서는 좋은 약이 많이 나오고 있다던데 그게 말이나 됩니까?"

"신약 임상시험에도 참여해봤지만 효과가 없지 않았습니까. 이제는 호스피스 완화 의료(임종이 가까워올 때 암으로 인한 고통을 조금이라도 덜어주기 위한 의료)로 넘어가는 것이 좋겠습니다."

"그러면 나는 이렇게 죽으라는 말입니까? 그게 의사라는 사람이 할 소리입니까?"

남자의 언성이 점점 높아지고 있었다. 목에 힘줄을 세우며 원망 어린 말을 쏟아내는 그를 상대로 한참 실랑이를 벌였다. 그는 결국 다른 병원에 2차 소견을 들으러 가겠다며 소견서와 의무기록 복사 신청서를 가지고 나갔고, 마지막까지 고성을 지르며 사람의 혼을 쏙 빼놓았다.

그날의 힘든 외래 진료가 끝났을 때 눈치가 빠른 외래 간호사가 말했다.

"선생님, 아까 환자분 눈빛이 장난이 아니던데요. 선생님을 진짜 잡아먹을 것 같았어요."

외래 진료가 지연되고 그 환자의 언성이 높아졌을 때 진료실을 힐끗대던 간호사였다. 그가 보기에도 그 환자의 눈에서 살기가 느껴졌던 모양이었다.

그랬다. 정말 그때 환자의 손에 칼이라도 들려 있었다면 그 이글거리는 눈빛이 나를 덮쳤을 것만 같았다. 외래를 보며 상대방이 나를 해칠 것 같다고 느낀 것은 그때가 처음이었다. 그런데 얼마 후 그 환자가 외래 진료실로 다시 찾아왔다. 며칠 전 두 눈에 가득했던 시퍼런 기운은 누그러져 있었다. 그의 몸 상태는 다른 병원에 가본들 별수 없는 것이었고, 다른 병원까지 가서 확인해본 바로 본인도 그 사실을 더는 부인할 수 없었을 것이다. 그 병원 의사로부터 기존 병원에서 잘 치료받고 왜 그러냐는 핀잔도 들은 모양이었다. 그는 다시 내게 항암치료를 해달라고 부탁했다.

"선생님, 돈은 상관없으니 예전에 썼던 그 항암제를 다시 써주세요. 제발 부탁입니다."

그의 말이 끝나는 순간 '돈'이라는 단어에 내 마음이 삐걱댔다. 돈이 있으니 할 수 있는 것은 다 해보겠다는 의미일까 아니면 돈이 많으니 자신을 무시하지 말라는 것일까? 그것도 아니면 죽기 전에 쓸 수 있는 돈은 다 쓰겠다는 건가. 어느 쪽이든 그는 물러서지 않을 것이 뻔해 보였다. 고민 끝에 효과가 없을 것을 알면서도 예전에 썼던 항암제를 다시 비급여로 처방했고 그에게 그 사실을 설명했다.

"약이 잘 듣지는 않을 겁니다. 우선 딱 한 달만 써봅시다. 한 달 뒤에 CT 검사 해보고 암이 커져 있으면 그때는 더 이상 미련 없이 깨끗하게 항암치료는 포기하는 겁니다. 아시겠죠?"

그는 내 말에 마지못해 알겠다고 하고는 입을 다물었다.

결국 한 달간 항암치료는 더 이어졌다. 그러나 예상대로 항암제는 더 이상 듣지 않았다. 암 덩어리는 갑절로 커졌고 그는 고통에 몸부림쳤다.

"선생님, 통증이 심해 견딜 수가 없습니다. 밤마다 열도 납니다."

이제는 정말 호스피스 완화 의료 단계로 넘어가야만 했다. 그는 결국 병원에 입원했고 호스피스 상담과 사회복지 상담을 했다. 그 과정에서 나는 이 환자에 대해 모르던 사실을 알게 되었다.

그는 소위 '깡촌'으로 불리는 가난한 농가에서 태어난 여덟 남매 중 맏이였다. 집안 사정상 동생들 뒷바라지를 해야 하는 장남이었고 가족들은 그에게 아버지를 따라 농사지을 것을 권했지만 그는 대학에 가겠다고 고집했다. 고집스러운 장남은 집안 반대에도 불구하고 낮에 일하고 밤에 몰래 공부하며 말 그대로 주경야독 끝에 기어이 대학에 합격했다. 등록금을 대줄 리 없는, 엄밀하게 말해 등록금을 대줄 수 없는 가정환경 속에서 그는 스스로 등록금을 벌어가며 공부했고, 그렇게 대학을 졸업한 뒤에 취직해서 회사 생활도 열심히 했다. 심지어 외국계 기업의 임원 자리에까지 올랐다. 불가능을 가능으로 바꾸는 일의 연속. 그것이 그의 삶 자체였다.

그러나 오십 대 중반 한창인 나이에 신장암에 걸리면서 그런 인생에도 변화가 찾아왔다. 수술을 받고 완치되는 듯했지만 몇 년 뒤 뼈와 림프절에 암이 재발한 것이다. 그는 스스로의 의지만으로 안 되는 일을 마주하게 되었다. 그러나 평생을 끌고 온 기질은 어디 가지 않는다. 그는 단념하지 않았다. 자기 의지로 이끌어온 삶이었으므로 항암치료에 대해서도 마찬가지였다. 다른 환자들이 힘들어하는 치료도 웬만큼 잘 버텨냈고, 쓰던 항암제에 내성이 생겨서 암 덩어리가 커지면 다른 항암제로 바꿔가며 치료를 이어갔다. 어쩌면 그는 '그깟 항암치료쯤'이라고 생각했을지도 모른다. 심지어 3년 가까이 항암치료를 받으면서도 회사에 계속 다녔다. 회식자리에서 술만 피했을 뿐, 출장까지 다니며 평소보다 두 배로 열심히 일했다. 항암치료를 받으면서 어떻게 그렇게 일할 수 있는지 다른 사람들이 놀라워할 정도였다. 어쩌면 암 투병을 하면서도 주어진 일을 해내는 것, 그것이 그가 자신의 존재를 드러내는 방식이 아니었을까?

그러나 종양의 크기는 계속 커졌고 항암치료는 더 이상 효과가 없었다. 이제 쓸 수 있는 약이 없었다. 인생이 더는 자신의 통제하에 흘러가지 않고 모든 것이 암에 의해 좌지우지되기 시작했다. 생에 처음 찾아온 '끌려가는 순간.' 그는 아마도 어떻게 해야 할지 고민했을 것이다.

호스피스 상담에서 가족 상담은 피할 수 없는데, 마지막까지 환자를 돌볼 계획을 세워야 하고 임종의 순간이 다가오면 주위에 남는 사람은 가족밖에 없기 때문이다. 대부분의 가정이 크고 작은 문제들이 있게 마련이지만 이 환자의 경우에는 환자와 부인, 아이들의 관계가 문제였다.

이야기를 나눠보니 부인은 남편과 정신적 교감이 없었다. 부부이긴 했지만 동거인 이외의 의미가 없어 보였다. 서로 무슨 생각을 하는지 알지 못했고 알고 싶어 하지도 않았으며, 둘 사이에 대화도 없는 것 같았다. 두 사람은 부부보다 아이들의 부모로서 지내온 지 꽤 오래된 듯했다. 성격 센 남편에게 30년 가까이 눌려 지내온 결과였을 것이다. 부인은 남편이 안타깝거나 불쌍하다고 느껴지지 않지만 법적인 남편이고 아이들의 아빠이니 그가 세상을 떠날 때까지 자신이 할 도리는 다할 것이라고 했다. 그렇게 말하는 부인의 말 어디에서도 살가움이 느껴지지 않았다. 그녀에게 남편의 병구완은 그저 의무 방어전 같았다.

아이들도 마찬가지였다. 어머니는 잘 따르는 편이었지만 아버지는 회사 일로 늘 바쁘고 살갑지 않았기에 집에 없는 편이 더 편하다고 했다. 어쩌다가 아버지가 집에 있으면 집안에는 알 수 없는 냉기와 침묵이 흘렀으며 아버지가 집을 비우면 다시 화기애애해졌다. 아이들은 공부도 '그다지 못하는 편은 아니다'라고 했지만 아버지는 늘 만족하지 못한다고 했다.

짐작이 되었다. 어려운 가정환경의 제약을 뛰어넘으며 공부해야 했던 환자로서는 풍요로운 환경에서도 열심히 하지 않는 자식들을 이해하기 어려웠을 것이다. 아이들 입장에서는 할 만큼 하고 있다고 항변했겠지만 그의 기준에는 못 미쳤을 게 뻔했다. 환자가 아이들에게 화를 내는 모습이 쉽게 상상이 되었다.

이 나이쯤 되니 내 주변에서도 일에만 몰두하는 '회사 인간'을 보곤 한다. 분명 스스로는 가족을 위해 일한다고 하는데 결과는 다르게 드러난다. 그가 가족을 위해 일할수록 아이러니하게도 가족은 그가 가족을 위해 일한다고 생각하지 않는다. 결국 그는 돈 벌어 오는 하숙생과 같은 존재가 되고 마는데 그 사실을 자신만 모른다. 심지어 그런 사람은 회사에서의 습관이 몸에 배어 가족을 부하직원 다루듯 대하기도 한다. 이 환자도 그 범주에서 크게 벗어나 보이지 않았다. 아내와 아이들이 그를 편히 여길 수 없는 건 당연한 일이었다.

병원에 있는 동안 그는 주로 혼자였다. 부인 외의 가족들은 잘 찾아오지 않았고 아이들이 병문안 오는 일도 없었다. 회진을 가서 보면 그는 노트북을 열어 놓고 주식 차트를 보며 무언가에 몰두해 있곤 했다. 그러나 더 이상 항암치료가 불가능한 상황에 이르자 예전과 같을 수는 없었다. 그는 아무것도 하지 못한 채 통증에 고통을 호소하기 시작했다. 이제는 그 어떤 의지로도 코앞까지 다가온 죽음을 밀어낼 수 없었다. 떠나는 순간을 준비해야만 했다.

얼마 후 부인이 혼자 외래로 찾아왔다. 남편이 이제는 많이 쇠약해졌고 거동이 점점 불편해져서 누군가의 도움을 받아야만 일상생활이 가능하다고 환자의 소식을 전했다. 그럼에도 불구하고 여전히 까칠한 사람이어서 화장실에 가려고 부축해줄 때나 식사하는 것을 도와줄 때에도 예민하게 굴어 호스피스 병원의 간호사들도 남편 대하기를 꺼린다고도 했다. 부인은 거기까지 환자의 근황을 전하고서야 나를 찾아온 진짜 이유를 털어놓았다. 남편이 자신에게 서울대병원에 가서 예전에 먹던 항암제를 받아오라고 했다는 것이다. 스스로 할 수 있는 일이 점점 없어지고 남에게 의지하는 일이 많아지자 항암제라도 먹고 예전으로 돌아가고 싶었던 걸까? 그의 마음이 이해는 됐으나 가능한 일이 아니었다. 나는 부인에게 단호하게 말했다.

"보호자분도 아시겠지만 이제는 쓸 수 있는 항암제가 없습니다. 제가 더 이상은 항암제 처방은 못 합니다."

그렇게 말하면서도 빈손으로 돌아가면 환자가 부인을 다그칠까 봐 걱정되었다.

"돌아가서 제 핑계를 대세요. 의사가 항암제 처방은 안 된다고 화를 냈다고, 약을 받아올 재간이 없었다, 의사에게 엄청 혼났다, 그렇게 말씀하세요."

나 스스로도 구차스럽고 궁상맞은 대답이었다. 그러나 부인은 별말을 하지 않았다. 그리고는 진료실을 떠나며 짧은 인사만 남겼다. 남편 성격이 유별나서 여러 사람 힘들게 하는 편인데 의사인 내가 잘 받아줘서 고맙다고 했다. 나는 그 인사에 환자에 대해 느꼈던 바를 솔직히 이야기했다.

"남편분이 너무 열심히 사셔서 그런 거예요. 너무 열심히 산 죄로 죽을 때도 편하게 돌아가시지를 못하네요. 사람이 살아온 천성이라는 게 변하기가 쉽지 않아요. 그래도 죽기 전에는 한번은 변하기도 하는데… 남편분은 참 어렵네요."

부인은 내 말을 가만히 듣고 나서 다시 한번 담담히 말했다.

"그간 선생님께서 항암치료 잘해주신 덕에 그나마 이만큼이라도 오래 버텼다는 거 저희도 잘 알고 있어요. 선생님, 참 고마웠습니다."

부인의 진심 어린 인사가 낯설었다. 생각해보니 환자가 항암치료를 받았던 3년 가까운 시간 동안 정작 그로부터는 고맙다는 말을 들어본 기억이 없었다. 짐작하건대 그는 내가 아닌 누구에게도 고맙다거나 사랑한다는 말을 하는 사람은 아니었을 것 같았다. 돌아보면 그는 늘 진지했고 심각한 표정이었으며 3년 내내 항상 화가 많이 나 있는 것처럼 보였다. 그의 마음속에는 고마움보다 분노가 더 먼저, 더 크게 자리했을 것 같았다. 더 잘 살아보려는 자신을 붙잡았던 부모, 제 능력에 뒷받침되지 않는 가정환경, 경쟁적인 사회생활, 본인 기준에 못 미치는 가족들, 열심히 가족을 위해서 일해왔지만 가정 안에서 느껴지는 소외감 그리고 갑작스레 찾아온 암. 그의 마음을 이해할 수는 있었지만 그의 살기 어린 눈빛이 좀처럼 잊히지 않았다.

너무 열심히 살아온 사람의 분노.

분노가 오기가 되고 오기가 원망이 되기도 하면서 마지막 순간까지 그는 이를 악물고 버텼을 것이다. 장애물이 있으면 어떻게든 치우며 앞으로 나아가는 삶. 불가능을 가능으로 만들며 존재 이유를 찾는, 앞만 보며 이 악물고 달려온 삶. 그에게 삶은 열심히 싸워야만 하는 투쟁의 장이 아니었을까? 그래서 그는 죽음을 눈앞에 두고도 죽기 살기로 살려고만 했던 건 아니었을까? 만약 사는 동안 적당히 자신의 욕망과 타협하는 법을 배우고 사람들과 함께 사는 법을 배웠더라면, 너무 앞만 보지 않고 주변을 살피며 달렸더라면, 그의 인생에 조금이라도 마음의 여유가 있었더라면, 그는 그렇게까지 분노하지 않을 수 있었을 것 같은데. 그는 왜 그토록 끝없이 달리기만 해야 했을까? 한 번쯤 멈춰 설 수 있는 기회가 있지 않았을까.

나중에 호스피스 실을 통해 그의 사망 소식을 들었다. 12월의 어느 추운 겨울날 쓸쓸히 세상을 떠났다고 했다. 생의 마지막 순간에 가족들에게 둘러싸여 평온하게 떠났을지, 가족들의 외면 속에서 쓸쓸히 떠난 것은 아닌지 모르겠다. 지켜봐왔던 그의 삶을 생각해보면 후자였다고 해도 이상하지 않았다. 그 소식을 들었을 때 내가 죽은 뒤에 혹시라도 그를 다시 만난다면 꼭 묻고 싶어졌다.

"당신은 무엇을 위하여 그렇게 열심히 살았습니까?"

내 돈 2억 갚아라

한 폐암 환자가 있있다. 그는 아주 오래전에 이혼했고 자식이 없었다. 같이 살던 동거인은 법적으로는 부인이 아니었고 환자의 병세가 깊어지자 그의 곁을 떠났다. 한마디로 이제 보호자가 없다는 뜻이었다. 한동안은 기력이 남아 혼자 병원을 다니며 항암치료를 받았지만 점점 암이 진행되면서 그는 스스로를 돌볼 수 없는 처지가 되었다. 화장실을 혼자 가기 어려워 간병인을 두어야 했고 병원 신세를 져야만 했다. 상태가 더 악화되어 입원을 하게 되자 호스피스 팀에 의뢰가 되었고 호스피스 상담을 시작했다.

이야기를 나눠보니 부모는 오래전에 두 분 다 돌아가셨지만 남

동생이 한 명 있다는 사실을 알았다. 혈육이라고는 그 동생뿐이었는데 연락이 끊긴 지 몇 년 되었다고 했다. 4, 5년 전쯤 동생이 사업을 한다며 그에게 2억 원을 빌려 가놓고는 일이 잘 풀리지 않아서 돈을 갚지 못했고, 그 뒤로 서먹해지는 바람에 연락도 끊겼다는 것이다. 그런데 그게 너무 분하고 억울하다고 했다.

그렇게 큰돈을 떼어먹고 연락이 끊긴 동생을 이해한다고, 여전히 좋다고 말하는 형은 세상에 없다. 동생에 대한 감정이 안 좋은 것은 지극히 당연했다. 그러나 그는 폐암 말기였다. 살날도 얼마 남지 않았고 가족의 도움이, 생의 마지막 순간을 돌봐줄 사람이 필요했다. 결국 호스피스 팀의 노력으로 우여곡절 끝에 동생에게 연락이 닿았으나 당연히 동생은 형의 상황을 모르고 있었다. 호스피스 팀은 그에게 환자의 상황을 설명하고 병원에 와달라고 부탁했다.

며칠 뒤 회진을 돌 때 처음 보는 남자가 환자의 병실 문을 조심스레 열고 들어섰다. 누군가가 그 환자를 찾아온 건 처음이었다. 비슷한 얼굴 생김새에 환자의 동생인 것을 직감했다. 문 앞에 선 사람은 놀란 표정이었다.

"형님…."

예상대로였다. 소식이 끊긴 지 오래된 형제가 몇 년 만에 얼굴을 마주하는 순간이었다. 나는 형제의 상봉을 위해 환자의 침대에서 몇 발짝 물러섰다. 환자의 미간이 찌푸려지더니 이내 눈썹이 크게 올라갔고, 동생은 환자를 보고 황망한 눈빛을 했다. 그도 그럴 것이 당시 환자의 몰골은 말이 아니었다. 온몸에 뼈와 가죽만 남은 몸으로 환자는 산소마스크에 의지한 채 근근이 숨만 쉬고 있었다. 곧 동생의 눈시울이 붉어졌다. 몇 년 만에 만나는 형에게 드리워진 죽음의 그림자에 마음이 편할 리 없었다.

세상에는 끊고 싶어도 끊을 수 없는 연이 있다. 부부는 이혼하면 남이라지만 형제는 서로 원하든 원하지 않든 피가 섞인 사이다. 부부가 의복과 같다면 형제는 수족과 같다. 지구상의 50억 인구 중 유일하게 서로 같은 뱃속에 머물렀던 존재는 부정한다고 부정할 수 있는 존재가 아니다. 어쨌든 다시는 없을 것 같았던 형제의 만남은 형의 죽음을 앞두고 이루어졌다. 순탄치 못한 삶이 갈라놓았던 두 사람을 죽음이 다시 만나게 한 셈이었다.

형제는 서로 한참 마주보았다. 둘 사이에는 세월의 공백만큼이나 어색한 침묵이 흘렀고 병실의 적막은 깊고 또 깊었다. 동생은 형에게 쉽게 다가가지 못한 채 어쩔 줄을 모르고 망부석처럼 서 있었다. 2억 원이라는 돈과 원망과 세월이 할퀴고 간 두 사람 사이의 틈은 생각보다 깊어 보였다.

한참 뒤, 환자가 동생에게 할 말이 있는지 가까이 오라고 손짓했다. 숨이 차서 목소리를 크게 낼 기력조차 없던 형이 자신을 부르자 동생이 다가가 형의 얼굴 쪽으로 허리를 숙였다. 동생은 곧 울 것 같은 얼굴이었다. 드디어 화해의 순간이 왔구나! 나는 조금은 두근대는 마음으로 말없이 그 모습을 지켜보았다. 이제 두 형제는 화해하고 얼마 남지 않은 삶을 우애롭게 보낼 것이다.

환자는 동생이 가까이 다가가자 그 귓가에 나지막한 목소리로 천천히 이야기했다.

"너… 내 돈… 2억… 갚아라…."

그 순간 병실 안에 있던 모두가 귀를 의심했다. 병실에는 싸늘한 정적이 흘렀고 훈훈했던 공기는 순식간에 얼어붙었다. 그는 다시 한 번 천천히 말했다.

"내 돈… 2억… 갚으라고…."

동생의 눈가에 맺혔던 눈물은 이미 사라져버린 뒤였다.

당혹스러웠다. 내가 기대했던 것은 이게 아니었는데. 이를 테면 이런 말들, '네가 돈은 갚지 않고 연락이 끊겨서 원망스러웠는데 내가 폐암에 걸려서 살날이 얼마 남지 않았다고 한다. 형이 살아봐야 얼마나 더 살겠니. 지나간 일은 됐으니 남은 기간 동안 형제끼리 자주 보자. 내가 저승에 먼저 가거든 부모님께 네 소식도 전하마. 나도 미안하다' 같은 말이었다. 그런데 2억 갚으라는 말이 전부라니.

그러나 생각해보면 어디까지나 내 순진한 기대였을 뿐이다. 환자가 어떤 삶을 살아왔는지 나는 정확히 알지 못한다. 2억 원은 환자가 평생 많은 것을 희생해서 모은 돈이었을 수도 있다. 그런 돈을 동생을 믿고 내놓았던 것일지도 모른다. 그랬다면 동생에 대한 배신감과 원망이 얼마나 깊을지, 모든 걸 잃었다는 절망이 얼마나 클지는 짐작할 수조차 없다. 그렇게 생각해보면 이야기의 결말은 충분히 내 기대와 다를 수 있었다.

다만 의사로서는 안타까웠다. 지금 환자에게는 돈을 돌려받는 것보다 동생과 해묵은 관계를 푸는 것이 나을 거라고 생각했다. 동생이 아니면 그의 마지막을 배웅해줄 사람이 아무도 없을 것이기 때문이었다. 무엇보다 이런 끝이 동생과의 마지막이라면 환자 자신에게 아쉽고 가슴 아픈 일일 것 같았다. 그러나 그 역시 내 마음이었을 뿐이다.

환자의 동생은 그 뒤로 다시 병원을 찾아오지 않았다. 환자도 더는 동생에 대해 말하지 않았다. 그 대신 동생은 간병인을 보내주었고 그 비용은 본인이 부담했다고 들었다. 며칠 후 환자는 아무도 지켜보는 이 없는 가운데 쓸쓸히 세상을 떠났다. 무연고 시신이 되었다는 이야기가 없는 것을 보면 적어도 시신은 동생이 수습해 간 것 같았다. 결국 '내 돈 2억 갚아라'가 환자가 남긴 마지막 유언이 된 셈이다.

그의 삶에서 2억 원은 어떤 의미였을까? 돈보다 자신의 믿음을 저버린 동생이 더 원망스러웠던 걸까? 되돌릴 수 없는 과거보다 얼마 남지 않은 날들을 생각했다면 그렇게 쓸쓸하게 떠나지는 않았을 텐데.

　종양내과 의사이다 보니 삶의 마지막을 목도하는 일이 많고 마주하는 사연도 각양각색이다. 그 환자 이전에나 이후에도 환자의 가족들이, 주변인들이 돈 때문에 다툼하는 꼴을 적잖이 봐왔다. 그럴 때면 가끔 그 병실에서 환자가 끊어질 듯한 목소리로 "2억 갚아라"라고 말하던 순간이 떠오른다. 한 인간이 혈육에게 남기는 마지막 한마디가 '내 돈 2억 갚아라'였던 것은 쓸쓸했고, 쓸쓸한 죽음은 언제나 그렇듯이 안타깝기만 하다.

특별하고 위대한 마지막

월급날이 삶의 낙인 밥벌이 의사이고 여전히 흰 가운의 무게가
버거운 미숙한 의사이지만, 의사 가운 못지않게 그 무게를 느끼는
것이 하나 있다. 바로 환자나 보호자가 준 편지다. 그런 편지들을
전부 보관하고 있는데 의사 노릇이 지치거나 힘들 때마다 이제는
제법 묵직해진 편지함에서 아무것이나 꺼내 읽어보곤 한다. 어느
날 손에 잡힌 것은 서울에 살던 한 환자의 따님이 보내준 편지들이
었다.

'엄마가 폐암 진단을 받고 많이 힘들어 하셨는데 이제는 마음을 많

이 다잡으셨어요. 선생님을 믿고 따르면서 저희 정말 열심히 치료받 겠습니다. 우리 엄마 꼭 낫게 해주세요.'

편지 속의 '우리 엄마'는 노년의 폐암 환자였다. 할머니는 담배 한 번 피운 적 없는데 폐암에 걸렸고, 진단 당시 이미 암이 여기저 기 퍼진 상태여서 수술이 불가능했다. 할머니는 폐암 4기로 판명이 났다.

"항암치료를 합시다."

의사의 무미건조한 말에 할머니는 말없이 고개를 끄덕거리며 주 사실로 향했고, 그의 따님은 짧지만 진심 어린 편지 한 장을 남기고 진료실을 떠났다.

할머니가 받을 항암치료는 완치 목적이 아니라 생명 연장과 증 상 완화를 목적으로 한 것이었다. 할머니가 칠십 대이긴 했지만 나 름대로 체력도 좋았고 관리도 잘했던 덕에 항암치료는 순조롭게 진 행되었다. 다행히 항암약은 효과가 좋았고 종양의 크기도 많이 줄 어들었다. 할머니는 3주에 한 번씩 병원에 와서 열심히 항암치료를 받았다. 나는 할머니에게 평소에는 어떻게 지내시는지 물었다.

딸과 같은 단지 아파트에 사는 할머니가 들려준 일상은 비슷했 다. '아침이면 딸집으로 가서 손주들을 어린이집에 데려다주고 두 어 시쯤 데리고 돌아온다. 그 길에 손주들과 이런저런 이야기도 나누고 가끔은 슈퍼마켓에 들러 손주들이 좋아하는 과자를 산다. 맞벌이하는 딸이 퇴근해서 올 때까지 손주들을 봐주며 간식을 챙기고 어질러진 집도 간단히 치우고 밑반찬도 해놓는다. 딸이 돌아오면 자신의 집으로 돌아가서 집안일을 하고 텔레비전을 본다. 주말에는 김밥을 싸서 근처 공원으로 소풍을 가기도 하고 딸과 북한산에 오르기도 하며 때때로 하산 길에 사우나에 들르곤 한다. 그리고 3주에 한 번씩 예약한 날짜에 맞춰 남편, 딸과 함께 병원에 와서 진료받고 항암주사를 맞고 간다.' 이것이 할머니가 꾸려가는 일상이었다.

항암치료가 힘들지는 않은지 물었을 때 할머니는 힘들기는 해도 견딜 만하다고 했다. 손주들이 초등학교 들어갈 때까지만, 조금만 더 오래 살았으면 좋겠다고도 했다. 항암약이 순한 덕분에 할머니의 삶은 크게 망가지지 않았다. 항암치료를 진행하면서 머리카락이 빠지지도 않았고 토악질도 없었다. 겉으로만 보면 암 환자인지 티가 나지 않을 정도였다.

'○○○ 환자 딸입니다. 엄마는 치료 의지가 매우 강해서 힘든 내색 안 하고 열심히 잘 치료받고 계세요. 일상생활도 아주 잘하고 계시고요. 다른 분들도 저렇게 잘 견디시는 건가요? 힘든데 저희 때문에 내색 안 하고 혼자서 참고 계신 것은 아닌지 걱정도 됩니다.'

할머니는 그렇게 꽤 오랫동안 항암치료를 하면서 일상을 유지해 나갔다. 하지만 늘 그렇듯 평범해 보이는 날들은 계속되지 않았다.

"지난번에 뵌 이후 컨디션은 괜찮으셨나요?"

"괜찮기는 한데 요즘 들어 자꾸 머리가 좀 아프네요."

그 말에 혹시나 싶어 MRI 검사를 했다. 검사 소견은 좋지 않았다. MRI 사진에는 일명 '불스 아이 사인(Bull's eye sign)'이라고 불리는 뇌전이 소견이 보였다. 성난 황소의 눈알이 동그랗게 눈을 치켜뜬 채 나를 쳐다보고 있었다. 눈알들은 크고도 많았다. 급하게 방사선 치료를 했지만 소용없었다. 두 달 뒤 다시 진행된 검사에서 뇌전이 소견은 전보다 더 짙었다. 황소의 눈알은 더 크게 부라리며 화를 내고 있었고 뇌척수막 전이까지 생긴 상황이었다.

"방사선치료를 했는데 효과가 좋지 못하네요…."

종양은 커졌고 이제는 더 이상 치료가 어렵다는 이야기를 해야만 했다.

나쁜 소식을 전하는 일은 늘 두렵다. 한꺼번에 폭풍처럼 할 말만 쏟아내서는 안 된다. 실타래를 풀듯이 환자와 보호자가 의사의 설명을 이해했는지 확인하면서, 감정적으로 동요하는 것은 아닌지 살핀 뒤에 그다음 이야기를 어디까지 할지 결정하고 이야기를 해나가야 한다. 어느 순간 상대가 아직 더 이상 받아들일 준비가 안 된 것으로 판단되면 본격적인 나쁜 소식은 다음으로 미루기도 한다.

이때 환자의 반응은 제각각인데 가장 흔한 것은 부정, 분노, 원망이다. 내가 이렇게 열심히 치료받았는데 왜 나빠지느냐, 지난번에는 분명 좋아진다고 하지 않았느냐, 남들은 다 약이 잘 듣는다는데 왜 나만 이런 것이냐 하는 것이다. 그런데 나쁜 소식에도 그 사실을 부정하거나 분노하거나 원망하지 않는 환자들이 있다. 솔직히 의사로서는 이런 환자들이 더 어렵다. 감정을 쉽게 드러내지 않기 때문이다. 할머니가 그런 경우였다. 나쁜 소식에도 얼굴 표정 하나 바뀌지 않고 상황을 담담하게 받아들였다.

　"나는 괜찮아요. 선생님이 잘 치료해주려고 이렇게 애썼는데 미안해요."

　할머니는 오히려 나를 위로했다. 자신이 관리를 잘하지 못해서 상태가 나빠졌다면서 스스로의 탓으로 돌렸다. 생각해보니 치료 결과가 안 좋아서 중간에 항암제를 바꿔야 했던 적도 몇 번 있었는데 그런 때에도 할머니는 화를 내거나 마음의 동요를 일으켰던 적이 단 한 번도 없었다. 그래서 소식을 전하는 내 마음도 더 좋지 않았다.

　항암치료의 효과 유무는 확률 싸움이다. 치료가 잘되는 환자도 있지만 그렇지 않은 환자도 있다. 이를 치료 전에 미리 예측하긴 어렵다. 일단 해봐야 결과를 알 수 있는 확률 싸움에서 환자가 의사에게 미안할 이유는 없다. 스스로를 탓할 일도 아니다. 그저 운이 안 좋았을 뿐이라고 이야기하려는데 할머니는 내게 자꾸 미안하다고 했다. 간혹 나쁜 소식을 전할 때 의사에게 사과하는 환자를 만나면 나는 늘 뭐라고 답해야 할지 모르겠다. 그런 내 마음을 아는지 모르는지 할머니의 암 상태는 서서히 나빠졌고 급기야는 뇌척수막 전이 상태도 악화되었다.

'○○○ 환자 딸입니다. 집에서는 아무것도 못 드시고 힘들어하시는 엄마, 또 그런 엄마를 보고 계시는 아빠에게 너무 죄송스럽습니다. 환자인 엄마 앞에서는 슬퍼하는 모습 보이지 않고 최선을 다해 씩씩하게 시간을 보내고 있습니다.'

마지막은 항상 생각보다 일찍 찾아온다. 할머니는 상태가 악화되고 임종이 가까워져 호스피스 상담을 받을 때에도 자신의 죽음에 대해서는 무척이나 평온했고 담담했다. 오로지 유일한 걱정이라면 자식들과 손주들이 자신 없이도 잘 살아갈 수 있을까 하는 점인데, 어차피 살면서 한 번은 겪어야 할 일이고 아이들은 씩씩하니 잘 헤쳐나갈 것이라 믿는다고 이야기했다.

'선생님, 이제 엄마와의 작별의 시간이 다가오나 봅니다. 이제는 제가 엄마를 놓아드려야 하는 때가 온 것 아닌가 해요. 아버지와 저희 가족을 아프시기 전처럼 똑같이 챙기시던 대단한 엄마가 자꾸 약해져 갑니다. 공기 좋은 곳으로 이사 갈까요, 하고 선생님께 물었을 때 선생님이 엄마에게 딸 옆에 꼭 붙어살라고 하셨던 기억이 납니다. 엄마가 같은 아파트 단지로 이사 오셔서 저랑 함께 아이들 등원시키고 사우나도 가고 산에도 가고 했던 1년이 너무 행복했습니다. 이 행복이 이대로 끝나버리는 건가 봐요. 제가 해드릴 수 있는 게 너무 없네요. 불과 20일 전이 다시 돌아가고 싶은 시간이 될 줄은 몰랐습니다.'

내가 이 편지를 받은 후 할머니는 얼마 못 버티고 돌아가셨다.

할머니가 실제로 돈이 많았는지 대학은 나왔는지 그런 것들은 알지 못한다. 짐작하건대 가방 끈이 길지도 않았던 것 같고 넘치게 부유하지도 않았던 것 같다. 역사책에 나올 법한 위인도 아니고 언론에서 칭송받을 만한 이력이 있는 분도 아니었다. 우리 주위에서 흔히 마주칠 법한 평범한 분이었다. 하지만 나는 할머니가 누구보다 어려운 일을 해냈다고 생각했다. 마지막까지 평범한 일상을 살아내는 일, 느닷없이 찾아온 운명을 받아들이고 본인 몫의 남은 삶을 평소처럼 살아내는 일.

누군가는 어떻게 생각할지 모르지만 적어도 내가 지켜본 그 노년의 환자는 평범함 속에서 행복을 발견하는 분이었다. 할머니라고 죽는 것이 두렵지 않았을 리 없다. 헤어짐은 아프고 미지의 사후는 두려웠을 것이다. 그것을 의연하게 받아들이거나 죽음이 예정된 남은 날들을 평소와 똑같이 살아내는 일은 지식이 많거나 돈이 많아도 쉽게 할 수 있는 것이 아니다. 병원에서 나는 대단한 권력자도 엄청난 부자도 저명인사들도 많이 보았다. 그러나 할머니처럼 담담하게 마지막까지 평소와 같은 일상을 꾸려간 환자는 많지 않았다.

할머니는 그 어떤 사람보다도 특별했고 보통 사람이지만 위대한 사람이었다.

혈연이라는 굴레

　흡사 드라마나 영화에서나 볼 법한 가슴 먹먹한 이야기가 병원 안에서는 드물지 않다. 그러나 모든 의학 드라마가 〈슬기로운 의사 생활〉 같지 않은 것처럼 병원에서 목도하는 부모와 자식, 가족의 이야기는 오히려 가족이라서 지리멸렬할 때가 훨씬 더 많다. 내가 목격한 수많은 혈연관계도 참담한 경우가 더 많았다. 그럴 때면 생각했다. 톨스토이의 소설 《안나 카레니나》의 '행복한 가정은 모두 비슷한 이유로 행복하지만 불행한 가정은 저마다의 이유로 불행하다'라는 첫 문장은 옳다고. 누군가에게 가족은 가장 의지할 수 있는 대상이었지만 때때로 누군가에게는 짐이자 삶을 옥죄는 족쇄에 지나지 않았다.

　식도암으로 투병 중이던 환자와 보호자였던 큰딸은 그중 후자였다. 환자는 자신이 임종을 앞두고 있다는 사실을 받아들이지 못했다. 완강하고 다른 사람의 말을 잘 듣지 않는 그는 의사인 내 이야기를 듣지 않고 본인이 하고 싶은 이야기만 반복했다. 고집이 보통이 아니었다. 중환자실에 갈지 여부도 정해야 하고 정리할 일도 많고 호스피스 상담도 해야 하는데 환자가 현실을 인정하지 않으니 그 무엇도 진행이 되지 않았다. 그는 병원 밥이 너무 싱겁다는 둥, 병실 침대에서 냄새가 난다는 둥, 옆 침상 환자가 시끄럽다는 둥 다른 이야기만 계속 늘어놓았다. 상담할수록 나는 답답해졌다.

　환자가 이 정도로 현실을 받아들이지 못할 경우에는 가족을 개입시키곤 한다. 의사는 가족에게 상황을 실명하고 가족이 환자를 설득시키기를 기대하는 것이다. 그러나 이 환자의 경우 그의 가족을 만난 적이 없었다. 그래서 내심 가족이 없거나 가족과 관계가 단절된 환자라고 생각했다.

　"가족분들은 안 계신가요?"

　나는 큰 기대 없이 물었다.

　"… 딸이 둘 있기는 한데… 연락하기 좀 그래요. 다들 바빠서…."

　그는 말꼬리를 흐렸다. 없는 줄 알았던 자식이 있었으나 그들은 병원에 입원해 있는 아버지를 한 번도 찾아오지 않았다. 일단 딸들이 아버지의 상황을 알고는 있는 것인지 염려스러웠다. 지금까지 얼굴 한 번 비추지 않던 사람들이 병원에서 연락한다고 올지 알 수 없었다. 그래도 환자가 눈을 감으면 누군가는 시신을 인도해야 하고 장례식은 치러야 했다.

사실 식도암 환자는 대부분 가족과 관계가 좋지 않다. 식도암은 술이 주요 원인이고 술을 하루 이틀이 아니라 아주 오래, 그것도 아주 많이 마셔야 생긴다. 모든 식도암 환자가 다 그런 것은 아니지만 대부분은 매일 소주 한두 병씩 이삼십 년을 마시던 사람들인데, 술을 그렇게 마셔대는 남자를 가족이 좋아할 리 없다. 또한 매일 많은 술을 마신다는 것은 매일 잔소리를 무시할 만큼 귀를 닫아야 가능하며, 다음 날 일하러 나가지 않겠다는 배짱이 있어야 하고, 술값이 떨어지더라도 어떻게든 술을 마시겠다는 의지가 있어야만 가능하다. 체력이 뒷받침되지 않으면 그렇게 오랜 기간 술을 많이 마시기도 힘들다. 그래서 식도암 환자치고 건장하지 않은 사람이 거의 없다.

어쨌든 다행히 큰딸과 연락이 닿았고 그녀는 병원으로 왔다. 큰딸의 이야기를 들어보니 환자는 예상보다 더 최악인 아버지였다. 늘 술을 마셨고 도박으로 돈을 날렸다. 여자도 있었다. 아버지가 돈 좀 있는 남자인 줄 알고 속아서 만나던, 짙은 화장에 싸구려 향수를 쓰는 술집 여자들이었다. 집에 오면 가족을 때렸다. 어머니는 늘 맞으면서도 버텼고 딸들과 먹고살기 위해 안 해본 일이 없었다. 그렇게 어머니가 벌어온 돈으로 아버지는 다시 술을 마셨고 여자와 놀았고 노름을 했다. 그런 일은 끝없이 반복되었다. 그럼에도 불구하고 어머니는 두 자매를 아버지 없는 자식으로 만들지 않기 위해서 참았다.

20년 가까이 지나 딸들이 성인이 된 뒤 어머니가 이혼을 원했을 때, 아버지는 위자료를 요구하며 끝내 이혼해주지 않았다. 여동생은 아버지와 의절한 뒤 일찌감치 독립해서 따로 살았고 집안의 어떤 일에도 엮이지 않으려고 했다. 아버지의 폭력을 참기만 하는 어머니도, 그런 부모를 감당해내는 언니도 이해하지 못했다. 결국 어머니를 돌보는 것은 큰딸의 몫이었다. 그리고 몇 년 전 어머니가 돌아가시면서 부부라기보다 악연에 가까웠던 아버지와 어머니의 연은 끊어졌다. 세상에는 그렇게 죽음만이 끊을 수 있는 인연이 있다.

어머니가 세상을 떠난 후에 그녀는 새롭게 제 가정을 꾸렸다. 신혼 초기에 돈이 떨어져 몇 번 찾아왔던 아버지는 사위와 크게 싸운 뒤로는 더 이상 발걸음을 하지 않았다. 그게 몇 년 전의 일이라고 했다. 그러나 병원의 연락에는 차마 동생처럼 연을 끊어내지 못했고, 그녀는 결국 내 앞에 앉아 있었다. 동생은 병원에도, 장례식에도 오지 않겠다고 선언했다고 했다. 결국 환자의 병원비를 내야 하는 것도 장례식을 치러야 하는 것도 전부 큰딸의 몫이 되었다. 환자의 호스피스 상담을 위한 만남이었는데 시간이 갈수록 큰딸의 상담이 되고 있었다.

슬픈 것은 이 부녀처럼 혈연이라는 이름으로 묶인 악연은 피해자가 스스로를 부정하거나 자책하게 만든다는 것이다. 증오해도 모자랄 만한 사람의 자식이라는 것이 끔찍해서, 미운 부모라도 자식인데 할 바를 다하지 못했다는 죄책감 때문에. 큰딸 역시 다르지 않았다. 내가 숱하게 보아온 최악의 결론이었다. 심지어 현재 결혼 생활도 그다지 행복해 보이지 않았다. 그녀와 함께 온 남편은 그녀의 아버지인 환자를 닮아 있었다. 내 짐작이 맞는다면 그녀는 그 자체만으로도 견디기 힘들었을 것이다. 인생은 자꾸 반복되고 있었다.

나는 울음을 멈추지 못하는 큰딸을 앞에 두고 아무 말도 하지 못했다. 딸이라는 이유로 그런 아버지의 마지막까지 감당해야 하는 것이 참담했다. 어쨌든 환자가 죽음으로써 이 '부녀'라는 관계의 굴레가 드디어 종결된다는 것이 그녀에게 유일한 희망으로 보였다. 부친의 죽음이 그녀의 삶에 찾아오는 첫 번째 행운 같았다.

나는 때때로 피로 맺어진 '가족'이라는 관계를 곱씹어보게 되곤 한다. 병원에서든 사회에서든 혈연에 대한 판타지가 있고 '어쨌든 가족이니까'로 통용되는 일들이 있다. 그러나 대부분의 현실은 기대로부터 멀다. 가족 안에서 아무렇지도 않게 벌어지는 신체적, 정서적 폭력 앞에서 '가족이니까 그럴 수 있다'라는 식의 논리를 어디까지 들이밀 수 있을까? 그것이 과연 그럴 수 있는 일인 걸까? 어떤 인간이든 어떻게 살아왔든 죽음은 무조건 존중받아야 한다고 자신 있게 말할 수 있을까? 어디까지가 혈연이라는 이유로 이해하고 이해받을 수 있는 선인지 잘 모르겠다. 의사로 살아가는 시간이 쌓여 갈수록 '가족'이라는 이름을 달고 오는 갖가지 사연 앞에서 나는 자주 할 말을 잃는다.

사후 뇌 기증

"선생님, 잠시 통화 가능하세요?"

병리과 교수님으로부터 전화가 왔을 때 의아한 느낌이 들었다. 그분은 뇌종양을 보는 교수님이었는데 나와는 진료 분야가 겹치지 않아 자주 연락할 일은 없는 분이었다. 그런 분이 내게 연락을 해왔으니 아마도 굉장히 급한 일이거나 무슨 큰 문제가 생긴 모양이라고 짐작했다.

전화상의 내용은 이러했다. 며칠 전 돌아가신 내 환자가 생전에 '사후 뇌 기증'을 했는데 사망진단서에 행정적인 문제가 있다는 거이었다. 알아보니 사망 원인이 잘못 적힌 것이 원인이었고 문제는 해결했으나 이 일은 내게 여러모로 굉장히 의외였다.

우선 사후 뇌 기증이라는 것부터가 생소했다. 사후 뇌 기증이란 뇌질환 연구를 위해 자신의 뇌를 기증하는 것인데, 들은 적은 있었지만 실제로 뇌를 기증한 케이스를 보는 건 처음이었다. 무엇보다도 내 환자였으나 그분이 사후 뇌 기증을 할 거라고 전혀 생각하지 못했다.

그는 폐암으로 면역 항암치료를 받던 팔순의 환자였다. 1년여 간 외래에서 진료를 봐왔지만 예전에 뇌경색을 앓은 후유증이 있어서 말씀이 많지 않았고 체력도 좋지 않았다. 거동이 편하지 못해서 휠체어를 탄 채 늘 아들과 함께였다. 외래 때마다 나는 보호자인 아들과 더 많은 이야기를 나누곤 했다.

사실 그 아들이 처한 상황이야말로 안타까웠다. 환자였던 아버지는 폐암으로 항암치료 중이었고 어머니는 중풍으로 쓰러져 입원 중이라고 했다. 두 분은 이혼한 상태였는데, 보호자에게는 다른 형제가 없었기 때문에 혼자 부모를 번갈아가며 돌보고 있었다. 오전에는 아버지를 모시고 병원에 왔다가 오후에는 생업을 했고, 저녁에는 중풍으로 입원해 있는 어머니를 찾아가 챙겼다. 그런 생활을 1년 째 지속해오고 있던 보호자는 내게 간병의 어려움을 토로하곤 했다.

환자의 상태가 나빠졌을 때 몇 번 입원을 권하기도 했지만 아들은 받아들이지 않았다. 환자인 아버지가 집에 계시는 걸 좋아하시니 간병인을 쓰더라도 최대한 집에 모시겠다고 했다. 물론 부모가 각기 입원을 하게 되면 보호자로서 양쪽 병원을 오가는 것도 현실적으로 어려운 일이었다.

상황이 나빠질 것을 대비해 호스피스 의료 이야기를 꺼내자 아들은 이 역시 잘 알고 있었다. 환자가 평소에 그에 관해 이야기를 자주 해서 이미 많이 알아보았고, 심지어 환자가 직접 사전연명의료 의향서도 미리 써두었다고도 했다. 사전연명의료 의향서란 상태가 나빠질 것을 대비해서 연명의료 진행 여부를 미리 정해두는 문서다. 극단적으로 항암치료에 매달리는 한국에서는 이례적인 일이었다. 환자는 이미 본인의 죽음에 대해 어느 정도 준비를 하고 있었던 것이다. 사후 뇌 기증을 신청해두었던 것도 그 일환이었던 모양이었다.

알다시피 뇌는 사람에게 중요한 장기다. 사람의 뇌는 1.3킬로그램밖에 안 되지만 신체 에너지의 20퍼센트를 소모할 만큼 많은 일을 한다. 뇌가 손상되면 우리가 보통 '사람답다'라고 말하는 테두리 밖으로 벗어나게 된다. 그래서 치매, 파킨슨병, 자폐증, 뇌전증 등 뇌에 생기는 병은 대부분 중요한 질병이다. 그만큼 뇌 질환에 대해 많은 연구가 필요하지만 현실적으로 쉬운 일이 아니다. 암을 비롯한 다른 질환들은 실험용 동물로도 연구가 가능하지만 뇌질환은 실험용 동물로 연구하기에는 한계가 있다. 인간의 뇌는 동물의 뇌와 많이 다르기 때문이다. 그러나 연구할 수 있는 인간의 뇌를 구하는 일이 쉬울 리 없다.

그런 이유로 사람의 뇌 전체를 종합적으로 연구하고 뇌질환의 원인 규명 및 치료법 개발을 위해 만들어진 것이 '뇌 은행'이다. 이 곳에서는 사람이 죽은 뒤 뇌를 기증받아서 보관 및 관리하고 뇌가 필요한 연구자에게 분양하는 역할을 한다. 뇌질환이 있던 사람의 뇌는 뇌질환 연구에 사용되며 뇌질환이 없던 사람의 뇌는 뇌의 정상 기능 연구에 사용된다. 내게 전화를 걸어온 그 교수님이 뇌 은행과 사후 뇌 기증 프로그램을 담당하고 있었다. 나는 종양내과 의사로서 궁금할 수밖에 없는 질문이 하나 있었다.

"선생님, 암 환자도 사후 뇌 기증을 할 수 있는 건가요?"

"그럼요. 누구나 다 할 수 있어요. 암 환자든 아니든 상관없어요. 혹시라도 사후 뇌 기증을 원하는 분이 계시면 언제든지 저에게 연락 주세요. 제가 바로 안내해드릴게요."

병리과 교수님은 아무 때나 전화하라는 이야기를 몇 번 더 강조하고는 전화를 끊었다. 통화하면서 그분의 열정을 느낄 수 있었다.

간혹 암 환자들 중에서 장기 기증을 원하는 분들이 있다. 살아서 좋은 일을 많이 못 했는데 죽어서라도 하고 싶다는 것이다. 내 경험상으로는 그 수가 1년에 못해도 두세 명 정도는 된다. 아마 직접 말하지는 못해도 장기 기증을 마음에 두는 분들은 더 많을 것이라 짐작한다.

건강할 때야 별 생각이 없겠지만 죽음을 눈앞에 두면 사람들은 생각이 많이 변한다. 내 몸이 내 것이 아니라는 것을 깨닫기도 하고 어차피 죽고 나면 내 몸이 썩어 없어진다는 것도 생각하게 된다. 아프고 나니 건강의 소중함을 알게 되고, 아픈 다른 사람들도 눈에 들어오며, 할 수 있다면 그 사람들을 돕고 싶다는 마음이 들기도 한다. 한편으로는 내가 죽더라도 내 몸의 일부가 누군가의 몸에 남아 있다면 죽어도 죽은 것이 아닐 거라고 느끼기도 한다. 그런 생각이 꼬리를 물다 장기 기증을 결심하기에 이르는 것이다.

그러나 사실 암 환자로부터 장기 기증을 하고 싶다는 이야기를 들으면 상당히 난감하다. 그럴 때 대개는 그런 생각 말고 몸을 추스르는 데 전념하자고 다독이지만 사실 암 환자는 장기 기증이 불가능하다. 암 환자의 장기를 다른 환자에게 이식하게 되면 기증받는 수혜자의 몸에 암세포가 전이될 수 있기 때문이다. 실제로 기증자가 본인이 암에 걸린 줄 모르고 사후에 장기를 기증했는데, 기증받은 수혜자 여러 명이 암에 걸렸다는 증례보고가 있다. 이런 이유로 암 환자의 장기 이식은 원칙적으로 불가능하다. 다만 예외적으로 각막 기증은 암 환자도 가능한데, 환자가 70세가 넘거나 패혈증으로 사망하는 경우는 해당되지 않는다. (암 환자는 대부분 70세 이상의 고령이거나 패혈증으로 사망한다.)

이것이 현실이지만 실제로 장기 기증을 원하는 환자에게 당신은 암 환자라서 장기 기증이 불가능하다고 말하기는 어렵다. 장기 기증에 관해 물어보던 환자에게 별 생각 없이 사실대로 답했다가 그 환자가 깊이 상처받는 걸 본 경험이 있다. 자기 몸을 기증하겠다는 마음은 숭고한 것이고, 당사자는 그 같은 결정을 내리기까지 많은 고민을 했을 것이다. 그렇게 어렵게 한 결정인데 정작 당신은 암 환자라서 당신의 장기는 쓸 수 없다는 답을 듣게 된다면 그 마음이 어떻겠는가. 이런 측면에서 볼 때 암 환자도 사후에 뇌 기증만큼은 아무런 제약 없이 할 수 있으니 사후 뇌 기증은 굉장히 소중한 프로그램이다.*

어쨌든 의사조차도 낯선 사후 뇌 기증을 팔순의 환자가 미리 신청해두었다는 사실이 나로서는 굉장히 놀라웠다. 아마도 그는 장기 기증에 대해서도 알아보았을 것이고 암 환자의 장기 기증이 불가능하다는 것도 알았을 것이다. 거기에서 멈추지 않고 방법을 찾아본 끝에 이 사후 뇌 기증을 선택했을 것이다. 그 선택 하나만으로도 그가 세상을 떠나기 전에 얼마나 죽음에 대해 많은 생각을 거쳤고 준비를 해왔는지 짐작할 수 있었다.

---

* 자세한 내용은 다음의 링크를 참조. http://brainbank.snuh.org/donation/contact

며칠 후 그 환자의 아들이 외래로 찾아왔다. 아버지의 장례를 잘 치렀고, 그간 아버지 항암치료를 잘해줘서 고맙다며 내게 인사했다. 오히려 나는 그에게 환자가 사후 뇌 기증을 해줘서 감사하다는 말을 꺼냈다. 더불어 환자의 곁에서 그 같은 선택을 존중해준 보호자에게도 감사하다고 인사했다. 가족으로서도 쉬운 결정은 아니었을 것이다.

다시 한번 사후 뇌 기증을 해준 최○○ 환자분께 진심으로 감사의 마음을 표한다. 그분의 뇌를 이용하여 많은 의학자들이 좋은 연구를 해낼 것이라고 믿는다.

저는 항암치료 안 받을래요

"지금 상태에서는 완치 안 됩니다. 항암치료를 통해서 조금이라도 생명을 더 연장하는 거예요."

"선생님, 나는 항암치료 안 받을래요. 때가 되면 가는 거죠. 저는 항암치료 받으면서 그렇게 구질구질하게 더 살고 싶지 않아요."

"그렇군요. 잘 알겠습니다. 그 심정 이해합니다. 그러면 항암치료 하지 맙시다."

항암치료를 거부하는 환자들은 생각보다 많다. 완치 목적의 치료라면 당연히 받아야 하겠지만 완치가 아닌 생명 연장을 목적으로 하는 고식적(姑息的) 치료라면 이야기가 달라질 수 있다. 게다가 일반적인 세포독성 항암치료는 빈혈, 구토, 출혈, 탈모 등의 부작용이 뒤따르는 기본적으로 힘든 치료다.

사람은 한 번 태어난 이상 누구나 한 번은 죽는다. 이것이 인간의 숙명이고 누구에게나 정해진 시간은 있기 마련이다. 항암치료를 하면서 정해진 시간을 뒤로 더 늦출 것인지 아니면 순리대로 살다가 때가 되면 임종을 맞을지에 대한 문제는 정답이 없다. 무리수를 쓰며 항암치료를 해서 억지로 생명을 연장하는 것보다 순리대로 살다가 때가 되면 돌아가겠다는 생각 자체는 오히려 자연스러운 일로 받아들여지기도 한다. 그러니 환자가 항암치료를 거부하는 것도 틀렸다고 할 수는 없다. 진짜 문제는 그 같은 결정이 대부분은 확고한 가치관이나 인생관에 의해 내려진 게 아니라는 데 있다.

의사로서의 경험으로 볼 때 80퍼센트 이상의 환자들이 나중에 다시 항암치료를 하겠다고 마음이 바뀐다. 특히 암이라고 진단받을 당시에 불편한 증상이 없는 환자들이 대부분 그런 편인데, 이런 환자들은 시간이 지나 힘들어지면 찾아와 항암치료를 해달라고 부탁한다. 이럴 줄 몰랐다는 것이다.

TV 드라마를 보면 드라마 속 인물이 암에 걸리는 경우가 꽤 많은데 대부분 그 투병 과정을 심도 있게 그리지는 않는다. 고통스러워하는 모습은 화면에 잘 비치지 않고 심지어 암 환자인데도 우아하게 죽는 경우도 많다. 하지만 현실은 몹시 다르다. 항암치료를 하든 하지 않든 암이 진행되어 임종에 가까워지면 어느 정도의 고통은 피할 수 없고, 암 환자들은 극심한 통증을 비롯해 구토, 탈모, 심리적 우울 등 여러 가지 고통을 동반한 채 힘들게 떠난다. 그러나 대부분의 경우 실제로 암 환자를 가까이에서 볼 일이 드물고 지금 당장 불편한 것이 없으므로 견딜 만하다고 착각하는 것 같았다. 암으로 인한 고통은 아직 겪어보지 않았지만 항암치료가 힘들다는 것은 어느 정도 알고 있기에 일단 모르는 것은 모르는 채로 두고 확실히 예상되는 눈앞의 고통은 두려우니 외면하고 싶은 게 아닐까? 이것은 인간의 자연스러운 본능이고 인간의 심리다. 결국 지금 당장 하기 쉬운 결정을 내린다. 항암치료는 받지 않겠습니다, 라고. 그것이 내가 짐작해본 생각의 흐름이다.

그러나 의사 입장에서는 난감한 일이다. 항암치료를 받지 않겠다고 큰소리치던 환자들이 암 덩어리가 커지고 그로 인해 고통스러워지면 그제야 항암치료를 해달라고 찾아와 매달리기 때문이다. 그러나 이때는 암이 악화되어 환자의 몸이 독한 항암치료를 견딜 수 없는 상태인 경우가 많다. 결국 환자와 안타까운 대화를 피할 수 없게 된다.

"너무 숨이 차서 못 견디겠어요. 어떻게 좀 해주세요, 선생님."

"상태가 너무 안 좋습니다. 종양이 커지면서 기관지를 눌러서 숨이 차는 겁니다."

"다른 방법이 없나요?"

"종양의 크기를 줄이려면 항암치료를 해야 합니다만…."

"그럼 저 항암치료 할게요. 제발 좀 해주세요."

"그렇긴 한데 지금 환자분 체력이 너무 떨어져서 치료가 어려워요. 그리고 예전에 절대 항암치료 안 받겠다고 하셨잖아요…. "

"그때는 이렇게 될 줄 몰랐죠. 그때는 그때고 지금은 지금이니까, 제발 소원이에요. 항암치료 한 번만 받게 해주세요. 저 꼭 항암치료 받고 싶어요."

"말씀드렸듯이 지금은 체력이 너무 떨어져 있어서 할 수 없어요. 간 기능도 안 좋고요. 항암치료는 무척 힘든 치료예요. 몸이 여건이 안 되는데 항암치료를 하게 되면 치료 받다가 돌아가세요. 일단 호스피스 병원에 입원을 좀 합시다."

"아니, 제가 지금 너무 힘들어서 죽겠거든요? 어떻게 다른 방법이 없을까요? 좀 살려주세요."

뫼비우스의 띠를 도는 것 같은 대화가 이어지지만 그 시점에는 정말 환자가 원하는 대로 해줄 수 있는 게 거의 없다. 환자는 환자대로 힘들고 의사는 의사대로 안타까운 일이다.

암에 걸리는 것은 허허벌판을 지나다 예고 없이 쏟아 붓는 지독한 폭우를 만나는 것과 비슷하다. 우산도 없고 피할 곳도 없다. 할 수 있는 것은 고스란히 쏟아지는 비를 맞는 것뿐이다. 그러나 가만히 서 있는다고 달라지는 건 없다. 움직이지 않으면 체온만 떨어지고 그런 채로 죽어간다면 '뭐든 해볼 걸 그랬나?' 하고 후회하게 되지 않을까? 어차피 맞을 비라면 맞으면서 걸어가는 것이 낫다. 물론 걷다가 돌에 걸려 넘어질 수도 있고, 가시덤불에 긁힐 수도 있다. 그러나 비를 피할 만한 장소를 마주칠지도 모른다. 혹은 비를 가려 줄 뭔가를 발견할 수도 있다. 무엇보다 갑자기 내린 비와 그 길에서 부딪치는 모든 것들을 여정의 일부로 받아들이면 내공이라는 게 생긴다.

삶에서 고난은 불가피하다고 부처는 말했다. 그것이 인생이기 때문이다. 생각해보면 암도 마찬가지다. 암에 걸린 뒤에 부딪치게 되는 어려움들은 어떻게 해도 피할 수 없다. 하나를 피하면 결국 둘, 셋이 되어 돌아오는 것까지도 지독하게 인생을 닮았다. 그러니 고통이나 힘든 일이 없기를 바라기보다 마땅히 있을 것으로 받아들이는 편이 나을 것이다. 이 점을 잘 이해하고 있는 사람들은 암 진단을 받아도 눈앞에 놓인 상황을 회피하지 않는다. 현실을 직시하고 힘든 항암치료여도 필요하다면 기꺼이 받는다. 치료 과정에서 겪게 될 고통도 감수한다. 그리고 그 지난한 과정을 견뎌내면서 생명 연장과 증상 완화라는 결과를 얻어낸다.

그래서 초반에 호기롭게 항암치료를 하지 않겠다고 이야기하는 환자들을 보면 안타깝다. 수많은 사례를 봐온 의사로서 어쩔 수 없이 생각하게 된다. 과연 저 마음이 변하지 않을까? 나중에 악화돼서 고통스러워지면 그때가 돼서야 항암치료를 받겠다고 하지는 않을까? 당장 항암치료로 인한 불편이나 고통은 피할 수 있겠지만 나중에 종양이 커지면 그로 인한 고통은 결코 피할 수 없을 텐데…. 어쨌든 항암치료를 피하고 싶은 건 인간이라면 충분히 보일 수 있는 반응이고 대부분의 환자들에게서 경험하는 일들이다. 그래서 나는 마음이 변할 것 같은 환자는 외래를 짧은 간격으로 잡는다. 항암치료의 타이밍을 놓치지 않고 환자의 몸 컨디션이 급격히 나빠지기 전에 치료를 시작하기 위해서다.

종양내과 의사로서 환자들에게 한 가지 바람이 있다. 단순히 겁이 나서, 눈앞의 고통을 피하고 싶어서 항암치료를 받지 않으려는 거라면 다시 한번 생각해봐주었으면 한다는 것이다. 인생을 길게 내다보라는 말이 있는 것처럼 암 치료도 그래야만 한다.

10년은 더 살아야 해요

소위 기대여명이라는 것이 있다. 말 그대로 기대할 수 있는 남은 삶의 기간으로, 의사들이 '길어야 6개월, 3개월'이라고 말하는 그 숫자다. 일종의 평균값인데, 예를 들어 폐암 4기로 진단받은 환자가 10개월 정도 연명하다 사망한 경우, 폐암 4기의 평균적인 기대여명은 1년 내외로 알려져 있으므로 '평균 범위' 안에 속한다는 식이다. 이것은 어디까지나 평균값이므로 실제 여명은 그보다 더 길수도 짧을 수도 있다. 여기에는 여러 가지 변수가 많은 것도 사실이다. 이에 대해 환자들에게 잘 설명해야 하지만 명확한 기준이 있거나 답이 있는 게 아니고 의과대학에서도 어떻게 설명해야 하는지 가르쳐주지 않는다. 그러다 보니 결국 환자와 보호자에게 기대여명을 설명하는 일은 담당 의사 개인의 몫으로 남는다.

문제는 이때 의사와 환자가 생각하는 방향이 서로 다르다는 데 있다. 의사는 환자 상태에 근거한 평균적인 수치 값을 생각하고, 예상되는 남은 기간에 환자에게 정말 필요한 게 무엇인지 고민한다. 어떻게 치료를 할지, 어떤 항암약을 쓸지, 그것도 아니면 호스피스 완화 의료가 필요할지 등을 가늠해보며 환자가 남은 날 동안 삶을 잘 마무리할 수 있도록 돕고자 하는 것이다.

그러나 환자와 보호자는 입장이 다르다. 의사의 입에서 튀어나온 기대여명은 지금까지의 삶이 고작 몇 개월 뒤면 끝난다는 선언이므로 큰 충격을 받는다. 게다가 의사가 자신의 절망이나 슬픔을 공감하지 못한다고 느낄 때 더 큰 상처를 받기도 한다. 의사에게 상처받았다거나 충격받았다는 환자, 보호자의 사연이 인터넷상에 올라오는 이유다. 이것은 기대여명에 대한 양쪽의 생각이 다르기 때문이고 이 간극을 줄이기는 좀처럼 어렵다. 의사는 아무리 환자의 상처와 충격에 공감하고 절박함을 이해한다고 해도 평균값을 훌쩍 뛰어넘는 기대여명을 말해줄 수 없고, 또 그렇게 살게 할 방법도 없다. 결국 의사든 환자와 보호자든 현실적인 최선은 각자의 자리에서 '남은 날들에 집중한다'에 있을 것이다.

일흔 살의 노인 암 환자가 있었다. 그는 내게 얼마나 더 살 수 있는지 물었다. 의사로서 볼 때 6개월 이상 장기 생존은 어려워 보였다. 에둘러 말할 수 있는 일이 아니었으므로 나는 솔직히 대답해주었다. 그때 그 환자는 담담히 내 이야기를 들었다. 그리고 그다음 외래에 와서 말하기를, 이렇게 허무하게 죽을 수는 없겠다는 생각이 들었다고 했다. 얼마나 가능할지 모르지만 남은 시간 동안 자신이 정말 하고 싶은 일을 다 해보고 떠나야겠다며 자신의 결심을 말했다.

그 후로 그는 정말 매주 하나씩 자신이 하고 싶은 일을 해보기 시작했다. 들어보면 거창한 일들은 아니었다. 아내와 바닷가로 여행 가서 해산물 요리 먹기, 종일 바다 보기, 좋아하는 노래를 모아 자식들에게 선물하기, 손주들에게 편지 쓰기, 고향 친구들에게 밥 사주기, 예전에 싸웠던 친구에게 연락하기 같은 일상적이면서노 소소한 일들이었다. 그는 매주 병원에 올 때마다 지난주에 자신이 했던 일을 소상히 늘어놓으며 즐거워했다. 진작에 이렇게 살았어야 했다는 말도 덧붙였다. 갑자기 할 일이 많아졌고 사는 게 즐거워졌는데 얼마 남지 않아서 몹시 아쉽다는 이야기도 했다. 나는 그가 들려주는 별것 아니지만 특별한 이야기를 듣는 것이 좋았다.

그와 비슷한 연세의 또 다른 노인 환자가 있었다. 그는 자신의 기대여명을 듣고 10년만 더 살았으면 좋겠다고 말했다. 그건 평균적으로 확실히 어려운 일이었다. 의사로서 판단하기에 그의 상태로는 당해 추석도 넘기기 힘들었다. 내 기대치는 올해까지, 어떻게 해서든 추석만이라도 잘 넘겼으면 싶은데 그는 자꾸만 '10년 만 더'를 말했다. 물론 모르는 척하고 그가 바라는 답을 해줄 수도 있었다. 적당히 열심히 노력해보자는 말로 다독이고 하는 데까지 하다 보면 피하고 싶은 현실을 눈앞에 둘 때쯤에는 환자가 이미 의식이 없는 경우가 대부분이기 때문이다.

그러나 나는 그렇게 할 수 없었다. 환자가 현실을 직시했으면 했다. 환자의 나이가 적든 많든 주어진 현실을 받아들일 때 남은 삶에 변화가 찾아오기 때문이었다. 그것이 오랜 시간 암 환자들을 마주하면서 내가 깨달은 것이었다. 그런 변화를 지켜보면서 예정된 죽음은 어쩌면 삶의 마지막 기회일지도 모른다는 생각이 들 때도 있었다. 그래서 어디까지나 내 욕심인 줄 알면서도 눈앞의 환자에게 물었다.

"10년 더 사시면 뭘 하고 싶으세요?"

"…"

침묵이 흘렀다. 그는 아무 대답도 하지 않았다.

"더 살게 된다면 해보고 싶은 일 없나요?"

"…"

"뭐, 그런 거 있잖아요. 제주도로 가족여행을 가고 싶다거나…… 손주가 중학교 들어갈 때 교복 한 벌 해주고 싶다거나 아니면 고향에 한 번 다녀와야겠다… 뭐 그런 거요."

"…."

여러 번의 질문에도 끝내 그의 대답을 듣지 못했다. 그는 막연히 좀 더 오래 살았으면 좋겠다는 바람만 있었을 뿐 구체적인 계획이나 소망 같은 게 없는 것 같았다.

특별한 케이스는 아니었다. 오히려 앞의 그 노인 환자가 이례적인 경우였다. 평범하고 건강한 사람도 자신이 뭘 원하는지, 무엇에 기쁘고 슬픈지, 무엇을 좋아하고 싫어하는지 잘 모르고 산다. 게다가 죽음을 코앞에 둔 노년의 환자가 자신의 상황에 절망하는 대신 이성적으로 남은 삶을 어떻게 꾸려갈지를 계획한다는 건 쉬운 일이 아니다. 하지만 그 모든 점을 생각해본다 하더라도 남은 날을 '더 살고 싶다'는 바람만 되뇌며 보내기는 안타까운 일이었다.

자기 자신에 대해 질문하며 사는 건 의외로 쉽지 않다. 사회에 발 들이고 나면 먹고사는 일에 힘쓰느라, 눈앞의 현실에 치여서 스스로에 대해 물을 여력이 없다. 물어서 답을 안다고 한들 훌훌 털고 내 멋대로 살 수도 없는 일이다. 당장 오늘 뭘 먹을지, 뭘 할지 고민하는 것조차 사치처럼 느껴지기도 하는데. 그러나 어쨌든 시간은 어김없이 흐르기 마련이고, 그런 질문을 던지지 않고 흘러가는 대로 살다 보면 그 같은 태도가 습관이 되어버린다. 습관은 관성이라는 가속도를 얹고 삶의 내용과 방향을 바꿔버리기도 한다. '세 살

버릇 여든까지 간다'는 옛말이 그저 옛말이 아님을 살면 살수록 깨
닫는다.

어쨌든 나는 눈앞의 노인 환자의 여명을 더 늘려줄 수는 없었다.
그저 그가 남은 시간을 잘 채워갔으면 했다. 뭔가 대단한 것이 아니
라 일상에서라도 사소한 기쁨을 찾기 바랐다. 나는 그에게 다음 외
래에 올 때 하고 싶은 일 열 가지만 생각해오라고 숙제를 내줬다.
하루에 한 번 웃을 일 만들기, 핸드폰 사진 매일 찍기, 일주일에 세
번 산책하기, 자식들에게 하루에 한 통 문자 메시지 보내기, 아내에
게 매일 고맙다고 말하기 같은, 이런 소소한 것이면 충분했다.

하지만 그 숙제가 너무 어려웠던 걸까? 아니면 그런 것은 평범해
서 특별하게 느껴지지 않았던 걸까. 그는 다음 외래에도 빈손으로
왔다. 그리고 끝내 마지막에 주어진 질문에 대한 답은 빈칸으로 남
겨둔 채 추석을 넘기지 못하고 눈을 감았다.

사람은 누구나 "주어진 삶을 얼마나 의미 있게 살아낼 것인가"라
는 질문을 안고 태어난다. 일종의 숙제라면 숙제이고, 우리는 모두
각자 나름의 숙제를 풀고 있는 셈이다. 물론 이 인생의 숙제를 풀든
풀지 않든, 어떻게 풀든 결국 죽는 순간 그 결과는 자신이 안아 드
는 것일 테다. 기대여명을 알게 된다는 것은 마음 아픈 일이지만 조
금 다르게 생각해보면 특별한 보너스일지도 모른다. 보통은 자기가
얼마나 더 살지 모르는 채로 살다가 죽기 때문이다.

"자, 당신의 남은 날은 ○○입니다. 이 시간을 무엇으로 채우시겠습니까?"

물론 이 문제를 다 풀지 않는다고 뭐라고 하는 사람은 없지만 빈칸으로 남겨두기에는 아쉬운 일이다.

대화가 필요해

    토요일 오후에 응급실로부터 전화가 걸려왔다. 주말에 응급실에서 오는 연락은 대개 불길한 전화다. 얼마나 상황이 안 좋고 다급하면 주말에 외래 담당 교수에게 전화를 하겠는가? 아니나 다를까 비인두암으로 항암치료를 받던 내 환자가 경동맥 파열로 피를 많이 흘려 응급실에 실려 왔다고 했다. 바로 어제까지 외래에 와서 나를 만났던 사람이 하루 만에 반송장이 되어 온 것이다. 응급실 담당 의사는 환자가 이미 혈압이 잘 잡히지 않는 쇼크 상태라고 했다. 보통 이런 경우는 지속되는 출혈을 막기 위해 수술이나 지혈술을 해야 하고 쇼크 때문에 심장이 멎으면 심폐소생술도 해야 한다. 하지만 그는 비인두암 말기 환자였다. 응급실 담당 의사는 내가 외래 차트에 마지막으로 기록해놓은 한 문장, "no more chemotherapy(더 이상 항암치료 안 할 것)"를 보고 고민이 되어 내게 전화를 한 것이었다.

"선생님, 승압제 쓰면서 버티고 있는데 색전술(혈관을 통해 출혈 부위에 접근해서 접착제 같은 물질로 혈관을 막는 중재시술)을 시도해볼까요?"

"아뇨, 하지 말아주세요. 그분 예전에 방사선치료했던 부분이 녹아서 괴사됐고 그 자리에 암이 자라나면서 혈관이 터진 거예요. 색전술 시도해도 잡히지 않을 거고 그 부위를 막는다고 해도 곧 옆의 부위가 또 터질 거예요. … 그냥 편안히 보내주세요."

의사 입장에서 환자를 편안히 보내달라고 말하기는 쉽지 않다. 하지만 대부분의 의사들은 때로 그것이 환자를 위한 유일한 길이라는 것을 본능적으로 안다.

얼마 뒤인 토요일 오후, 환자는 고통 없이 세상을 떠났다. 가족들도 크게 동요하지 않고 환자를 보내주었다고 들었다. 환자의 죽음이 마음 아프면서도 한편으로는 안도의 한숨이 흘러나왔다. 환자의 아들 때문이었다.

한 달 전, 환자가 병원에 입원했을 때였다. 회진을 도는데 처음 보는 청년이 환자의 침대 곁에 서 있었다. 회진을 마치고 병실 밖으로 나올 때 그 청년이 따라 나와 물었다.

"선생님, 저희 아버지 상태는 좀 어떠신가요?"

그것이 그 아들과의 첫 만남이었다.

대부분의 의사들은 이런 질문을 좋아하지 않는다. 여러 번 설명해도 이 가족 저 가족 한 명씩 따로따로 찾아와서 똑같은 질문을 하기 때문이고, 환자 상태의 심각성을 잘 모를 경우 충격이 크기 때문이다. 의사는 같은 질문을 받을 때마다 같은 설명을 거듭해야 하니 힘들고 환자 상태를 뒤늦게 알게 된 가족들의 반응은 때로 당혹스럽다. 반면 환자나 보호자는 의사가 아무리 쉽게 설명한다고 해도 의사의 말을 완벽히 이해하기는 어렵고, 다른 가족들 역시 이왕이면 담당 의사에게 설명을 듣고 싶을 것이다. 그 점을 생각해보면 의사가 여러 번 설명해야 하는 것은 힘들기는 하지만 이해할 수 있다. 그러나 가족이 환자의 상태를 제대로 인지하지 못하고 있는 경우는 안타까울 때가 많다.

나는 보통 보호자가 환자 상태에 대해 잘 모르는 채 질문을 해오면 내가 받은 질문 그대로 반문하곤 한다. 의사로서 보호자가 환자에 대해 어느 정도 알고 있는지 확인하기 위해서이기도 하고 그래야 보호자의 질문에 답하기가 좀 더 수월하기 때문이기도 하다.

"아드님은 아버지 상태가 어떻다고 알고 계신가요?"

"저는… 어… 어….”

아들은 내 물음에 말을 더듬었다.

"그냥… 치료하면 좋아진다고 알고 있는데요…."

당혹스러운 대답이었다. 나는 재차 몇 가지를 덧붙여 물었다.

"음, 좋아진다는 것이 어떤 의미인가요? 아버님이 완치 목적의 항암치료를 받고 계신 것으로 알고 있나요? 아니면 생명 연장 목적의 치료를 받고 계신가요? 암이 어디에 얼마나 퍼진 것으로 알고 계세요?"

역으로 쏟아지는 내 물음에 아들은 한마디도 대답하지 못했다. 환자는 아들에게 본인의 상태에 대해 제대로 이야기해준 적이 한 번도 없었던 모양이었다. 아들은 아버지로부터 들은 것이 "나는 괜찮으니 걱정하지 말고 네 일이나 잘해라" "나는 이번에 치료받으면 곧 좋아질 거다" "바쁠 텐데 병원에 따라올 필요 없다" "아버지는 잘 이겨내고 있다" 이런 말들이 전부였다고 했다.

나는 안 되겠다 싶어서 아들을 붙잡고 환자의 MRI 사진을 보여주며 설명을 시작했다. 부친이 3년 전부터 현재까지 어떤 치료를 받아왔고, 그 결과는 어떠했으며, 암이 현재 어디에 퍼져 있는지 등을 한참 이야기해주었다. 암 덩어리 바로 옆에 큰 혈관이 있는데 이게 시한폭탄과 같고, 언제 혈관이 녹아서 터질지 모르는데 혈관이 터지면 즉사하실 것이라는 이야기까지.

모든 설명을 다 듣고 난 아들은 큰 충격에 빠졌다. 지금까지 아버지가 하던 말과 담당 의사의 말이 너무 달랐기 때문이었다. 정황상 의사 말이 맞을 텐데 아들로서는 도무지 받아들이기 힘든 사실이었을 것이다. 나는 그에게 이어 말했다. 지금은 보기에 멀쩡하시지만 언제 어떻게 돌아가실지 모르고, 남은 시간이 길지 않으니 최대한 아버지와 의미 있는 시간을 많이 보내라고. 급기야 아들은 울기 시작했다. 성인 남성이 초등학생처럼 엉엉 울었다. 아마도 그에게 아버지의 존재가 유독 컸던 모양이었다. '슈퍼맨'이라고 믿어 왔던 아버지가 자신도 모르는 사이 이렇게 약해져 곧 돌아가시게 된다는 것이 충격이지 않았을까?

환자는 나름 큰 기업체를 운영하고 있었으므로 정리할 일들이 많아 보였다. 몇 달 전부터 하던 일들을 조금씩 마무리하는 게 좋겠다고 권했지만 그는 차일피일 미루고 있는 것 같았다. 외래에 와서도 이번에는 세무조사가 강하게 들어와서 힘들었다는 둥 사업 이야기만 한참 늘어놓다 가곤 했고, 자신의 몸 상태에 대해서 가족들에게 제대로 이야기하지 않는 눈치였다.

어쩌면 환자 자신도 괜찮아질 거라고 믿고 싶었을 것이다. 가족들에게 솔직히 말하고 하던 일과 일상을 정리한다는 것은 자신이 진짜 암 투병 중이고 끝이 머지않았음을 스스로 인정하는 일이기도 할 테니까. 혹은 아들에게, 가족들에게 괜한 염려를 끼치고 싶지 않았을 수도 있다. 그러나 문제는 환자의 건강이 환자만의 것이 아니라는 데 있다. 뒤늦게 상황을 알게 된 아들처럼 가족은 당황스럽고 큰 충격을 받을 수밖에 없다.

　우리나라는 대부분 가족 간에 대화를 많이 하지 않는다. "밥 먹자" "어디냐" "집에 언제 오니" 같은 것이 아닌 진짜 대화 말이다. 직장 동료들과, 친구들과 어떤 이야기를 나누는지 생각해보면 그 차이를 쉽게 알 수 있다. 그들과는 인간관계, 직장 생활의 애환, 일상의 소소한 일들에서부터 최근에 본 영화나 읽은 책, 취미 같은 것들에 대해서 이야기하기도 하고 이런저런 고민을 털어놓기도 한다. 그러나 가족과는 어떤 이야기를 나누고 있을까?

　나는 간혹 환자 곁에 있는 보호자에게 이런 질문을 하곤 한다.

　"어머니가 가장 좋아하는 노래가 무슨 노래인가요?"

　"아버지라면 이런 상황에서 어떤 선택을 하실까요?"

　이런 질문에 제대로 답하는 사람이 별로 없다. 그럴 때면 가족이어서 서로 잘 안다고 생각하지만 가족만큼 서로 모르는 존재도 없지 싶다. 타인은 모르는 대상이기에 예의를 갖추고 서로 알기 위해 대화하지만 가족은 날 때부터 가족이었으므로 말하지 않아도 알 것이라고 착각한다. 무슨 문제가 생기든 결국에는 괜찮아질 거라고 안일하게 생각하고 상처주기 십상이다. 언제나 '가족이니까'와 '가족인데 뭐 어때' 그 언저리에서 누구보다 가장 모르는 존재가 되기 쉬운 것이 가족인 것만 같다.

말하지 않으면 모른다. 그 환자도 자기 몸 상태에 대해 가족에게 솔직하게 말했어야 했다. 그러지 않은 이유가 두려워서였든 가족을 위한 배려였든 결과적으로는 상처가 됐을 뿐이다. 늘 '죽음'으로 오는 관계의 끝을 지켜보는 의사로서 그것이 떠나는 사람에게나 남는 사람에게나 도움이 된다고 생각한다. 그러지 않으면 환자의 아들처럼 충격받는 상황에 맞닥뜨릴 수밖에 없다. 피를 나눈 사이라고 해도 상처는 쌓이면 곪고 후회는 깊고 아쉬움은 길다. 아니, 아마도 피를 나눈 사이라서 더 그럴 것이다. 가족이 가족이기 위해서는 솔직한 대화가 필요하다.

믿을 수 없는 죽음

환자 S를 만난 것은 6년 전, 그녀가 이십 대 초반이었을 무렵이었다. 짧지 않은 시간을 함께하며 나는 S의 굴곡진 속사정을 다 아는 몇 안 되는 사람이 되었다. 젊은 나이에 암 환자가 된 것도 힘든 일이었겠지만 그전에 그녀는 개인사부터 몹시 복잡했다. 어렸을 때부터 새어머니의 학대와 가정폭력 속에서 자라왔고 부모가 별거한 까닭에 아버지는 부재했다. 암 치료를 받는 도중 암 보험금을 놓고 새어머니와 분쟁까지 벌여야 했지만 다행히 그 보험금으로 독립할 수 있었다. 그러나 문제는 암이었다. 암 덩어리가 그녀를 좀처럼 놔주지 않았다. 치료 후 완전관해(Complete response, CR) 판정을 받았으나 완치를 코앞에 두고 재발했고, 재수술 뒤 다시 한번 완전관해, 결혼 직후 또 다시 재발. 암은 끈질기게 그녀를 괴롭혔다. 그럼에도 S는 강인하게 버텼다. 그리고 이제 정말 완치 가능한 시점을 눈앞에 두고 있었다.

그런데 S의 외래가 있던 날, 평소라면 어김없이 왔어야 할 그녀가 오지 않았다. 간혹 환자들이 외래 예약을 해놓고 오지 않을 때가 있으므로 확인차 연락해보고 넘길 법도 했으나 그날은 이상하게 느낌이 좋지 않았다. 딱히 뭐라고 말하기는 어려운 찜찜함이 남았다. 어쨌든 다시 외래 예약을 잡아야 할 것 같아서 여러 번 연락했지만 휴대폰은 계속 꺼진 채였다. 그렇게 며칠이 지났고 보호자인 남편과 연락이 닿았을 때 그는 휴대폰 너머에서 흐느끼며 말했다. 아내가 아파트 베란다에서 뛰어내렸다고.

죽음을 앞둔 환자들과 진지하게 이야기해보면 생각보다 죽음을 두려워하지는 않는다. 죽음 자체보다 죽기 직전에 겪는 통증이 심하고 숨이 차서 힘들고, 외롭고 고통스럽게 죽게 될까 봐 그게 더 두렵다고 말한다. 주변 사람에게 너무 민폐일까 봐, 사랑하는 사람들에게 버림받을까 봐, 사회로부터 고립되진 않을까, 가족에게 짐이 되진 않을까 막연히 걱정한다. 건강했을 때의 모습을 잃고 해왔던 일들을 못 하게 되고 사랑하는 사람들을 잃고, 스스로에 대한 통제를 못 하게 될까 봐 두려워하고 슬퍼하기도 한다. 실제로 그런 시간을 보내다 보면 차라리 죽는 게 낫겠어, 라는 말이 그저 그런 푸념이 아니라 진심이 되는 순간들이 있다.

그래서 그 고통스러운 과정을 버티는 환자들을 지켜보다 보면 '죽을 용기'라는 말에 동의되지 않는다. 적어도 내가 지켜본 바로 용기라는 건 스스로 목숨을 끊을 용기가 아니라 '결국 죽을 것을 알지만 그럼에도 불구하고 주어진 날들을 버텨내고 살아내겠다'는 의지에 가까운, 살아내는 용기였다. 그리고 S는 내가 아는 어떤 환자보다도 그런 용기를 가지고 있던 사람이었다. 그런 그녀가 자살이라니.

나는 좀처럼 S가 스스로 목숨을 끊었다는 것을 믿을 수 없었다. 그 힘겨운 시간을 버텨온 걸 생각하더라도 받아들이기 어려웠지만 그녀의 죽음은 내가 아는 자살 환자들이 보여준 그 어떤 공통점에도 부합하지 않기 때문이다.

자살을 선택하는 대부분의 환자들은 투병하는 동안 극심한 통증에 시달리기 때문에 스스로 목숨을 끊을 때만큼은 덜 고통스러운 방법을 택한다. 그리고 대개는 유서를 남긴다. 자신이 왜 죽을 수밖에 없는지 남기는 것인데, 그것은 남은 이들을 위해서이기도 하겠지만 스스로를 위한 일이기도 하다. 그런데 S는 그 어느 쪽에도 해당하지 않았다. 투신은 바닥에 떨어졌을 때 몸이 부서질 것을 떠올리면 통증의 고통을 아는 환자가 선택할 만한 방법이 아니다. 무엇보다 유서를 남기지 않았다. 유서는커녕 그 어떤 짧은 메시지조차 없었다.

담당 의사로서 내 직감은 자살이 아니라는 쪽을 향했다. 정말 죽고 싶었다면 그 힘든 암 수술을 받았을 리도 없고 항암치료도 받았을 리 없다. 힘들기로 따지면 몇 년 전이 더 괴롭고 고통스러웠던 시기였다. 차라리 그때 자살했다면 어쩌면 조금은 이해가 되었을 것도 같았다. 그러나 지금은 아니다. 모든 것이 정리되고 나아지는 중이었다. 혹 모든 것이 지리멸렬하다고 느꼈던 걸까?

예전에 죽겠다고 마음먹고 병원을 빠져나간 환자가 택시 운전사 덕분에 살아 돌아온 일이 있었다. 환자복 차림으로 병원에서 나와 한강대교로 가달라는 환자를 택시 운전사는 무심히 지나치지 않았고, 환자를 내려준 뒤에도 떠나지 않고 그를 지켜보았다. 환자가 다리 위 난간에서 망설이던 모습을 보고는 다가가 말을 걸었다. 환자는 낯선 택시 운전사에게 본인의 이야기를 다 털어놓았고, 대화를 나누며 자살하려던 마음을 돌리고 다시 그 택시를 타고 병원으로 돌아왔다. 결국 '죽음'을 스스로 선택한다는 것은 '죽을 만큼 힘든데 해결할 방법이 없다'는 답답함에 대한 호소에 가깝다. 때로 누구든 그 속내를 들어주기만 해도 붙잡아주기만 해도 죽음을 막을 수 있다는 얘기다.

그런 생각 끝에 나는 S가 투신한 것이 아니라 실족사한 것이 아닐까 하는 생각에 이르렀다. 누구에게나 힘들 때 찾는 자기만의 장소가 있듯이 그녀에게 집 베란다는 그런 장소였을지도 모른다. 그곳에서 오르내리던 마음을 다스리다 감정이 격해져 죽는 게 나을지도 모른다고 생각했을 수도 있다. 상황이 나아졌다고 해도 여전히 죽고 싶을 만큼 힘들다고, 누군가 알아채주면 좋겠다고 외치고 있었던 것일지도 모른다. 그날도 그런 여느 날 중 하루였고 그날은 순간적인 실수가 사고로 이어진 게 아니었을까?

아니, 이것은 어디까지나 나의 바람이고 상상일 뿐이다. 내가 그녀의 속사정을 웬만큼 다 안다고 해도 그 마음까지 온전히 다 알 수는 없다. 인간은 타인의 고통을 완벽히 이해할 수는 없는 태생적 한계를 가지고 있다. 내가 가 닿지 못한 어둠이, 내가 생각했던 것보다 더 깊은 절망과 고통이 그녀에게는 있었을지도 모른다.

어쩌면 담당 의사로서 환자의 자살 기미를 알아채고 정신건강의학과 상담을 보냈어야 했는데 그러지 못한 나 자신에 대한 자책감 때문일 수도 있다. 마지막일지도 모를 외래에서 S가 어떤 메시지를 보냈는데 내가 그것을 읽어내지 못한 것은 아닌가 하는. 그녀의 죽음이 나와는 무관한 것이기를 바라지만 핑곗거리가 떠오르지 않아서 부정하고 싶은 것일지도 모른다. 그만큼 인간은 자기 합리화를 잘하는 존재이니까.

그러나 S의 죽음이 자살이든 사고였든 이것 하나는 분명했다. 그토록 잘, 강인하게 버텨왔던 그녀의 마음속에도 차라리 죽는 게 낫겠다는 생각이 자리했다는 점이다. 아무리 강한 의지로 버텨온 사람이라고 하더라도 지속되는 고통 속에 '죽음'에 대한 생각은 부지불식간에 솟아올라 모든 것을 사로잡아버리는 것만 같았다.

문득 두려워졌다. 잘 버텨낼 거라고 믿고 지켜봐온 환자들도 순간순간 '차라리…'라는 생각을 하지 않을까 싶어서. 실제로 죽음보다 더한 고통을 견뎌내는 환자들이 그런 순간에 죽지 않을, 살고자 할 용기를 찾기 위해서는 무엇이 필요한 걸까. 환자의 모든 순간을 지켜볼 수 없는, 그 깊은 속까지 온전히 알 수 없는 의사로서 나는 어떻게 해야 하는 걸까. S가 남기고 간 숙제가 어느 때보다 깊고 무거웠다.

임종의 지연

의사들은 출근하면 가장 먼저 입원 환자의 바이탈 시트(Vital sign sheet)를 확인한다. 바이탈 시트는 환자의 혈압, 체온, 맥박수, 호흡 수를 기록해놓은 그래프다. 그래프의 패턴을 보면 환자가 무탈한지 다른 문제는 없는지 쉽게 알 수 있다. 이 그래프는 수십 년간의 임상 경험을 토대로 정확하게 고안된 것인 만큼 꽤 정확하다. 바이탈 시트의 빨간선 파란선이 나란히 붙어서 안정적으로 유지되는 환자는 별 문제가 없는 환자들이다. 반면 열이 난다거나 혈압이 떨어지는 환자들은 그래프가 널뛰기하며 춤을 춘다. 따라서 바이탈 시트가 흔들린다는 건 환자에게 큰 문제가 생겼다는 뜻이다.

죽음을 앞둔 사람들의 이 그래프는 쉽게 흔들린다. 혈압이 떨어지고 체온은 올라가고 맥박수는 빨라지고 호흡수는 불규칙해지면서 그래프 선이 들쭉날쭉해지고 흔들리는데, 이 같은 움직임은 죽음을 예고하는 징조다. 그러다 이 그래프가 고꾸라지면 환자는 숨을 거둔다. 그래서 임종을 앞둔 말기 암 환자의 그래프 패턴을 보면 환자가 숨이 멎는 때를 어느 정도 짐작할 수 있다. 이런 추세라면 오늘을 넘기기가 쉽지 않겠구나, 이삼 일 못 버티겠구나 혹은 주말은 버티겠구나, 이런 판단을 하며 보호자에게 설명한다. 그런데 그래프가 흔들리는 걸로 봐서는 분명히 곧 돌아가실 것 같은데 오래 버티는 분들이 있다. 설명이 되지 않는 임종의 지연이다. 이런 일은 드물지만 종종 일어난다.

그 환자가 그런 경우였다. 삼십 대 후반의 젊은 암 환자였다. 그간 적극적인 항암치료를 하며 몇 년은 버텼지만 이제는 더 쓸 수 있는 약도 없고 종양은 속절없이 자랐다. 바이탈 시트가 흔들렸다. 춤추듯 요동치는 선으로 보아 곧 세상을 떠난다고 해도 이상하지 않을 정도였는데 며칠째 임종이 지연되고 있었다. 가족들은 계속 비상 대기 중이었고, 환자의 부친과 아내는 환자 옆을 지키느라 자리를 뜨지 못했다. 나는 이 환자도 버티는 것이 아닌가 걱정이 되었다.

"얼굴 보셔야 할 분들은 다 보셨나요?"

"네…. 연락은 다 했고 어제 얼추 왔다 가셨어요."

"아이들도요?"

"…."

내 질문에 그녀는 고개를 떨구고는 한참 대답하지 못했다. 긴 침묵이 흐른 뒤 환자의 아내는 아이들에게 아직 이야기를 못했다고, 아이들은 시누이가 봐주고 있는데 아직 오지 못했다고 했다. 아빠 상태를 잘 모르는 아이들에게 어떻게 이야기를 해야 할지 모르겠다면서 흐느껴 울었다.

환자와 아내, 환자의 아버지는 얼마 전까지도 계속 항암치료를 원했다. 몇 달 전부터 이제는 더 쓸 수 있는 약이 없고 임종을 준비해야 한다고 말했지만 모두 받아들이지 못했다. 이유는 단 한 가지, 아이들이 너무 어리다는 것이었다. 조금만 더 시간이 주어지면 좋겠다고 다른 방법이 없겠냐면서 환자와 그의 아내는 내게 매달렸다. 온갖 유전자 검사도 해봤고 임상시험도 알아봤지만 소용없었다. 비싼 돈으로 대체의학도 찾아봤지만 그 역시 소용없었다. 그 사이 암 덩어리는 계속 커졌다.

환자와 아내, 아버지를 설득하는 일은 쉽지 않았다. 호스피스 상담도 시도했지만 환자의 부친이 받아들이지 못했다. 어떻게 우리 아들 살릴 생각을 하지 않고 호스피스로 보낼 생각만 하느냐며 한바탕 소동도 벌였다. 그 부친 입장에서 삼십대 후반이라는 환자의 나이는 너무 젊은 나이였다. 환자에게도 유치원과 초등학교 저학년인 아이들은 너무 어렸다. 나이 많은 아버지에게는 아들이 필요했고 어린 아이들에게는 아버지가 필요했다.

"그래도 아이들도 한 번 와 봐야 하지 않을까요?"

이런 말은 굉장히 조심해서 해야 한다. 내가 환자의 아이들을 생각하는 것 이상으로 부모는 자녀들을 생각하고 사랑하기 때문이다. 그래도 조심스럽게 아이들도 와서 아빠를 만나야 하지 않겠냐는 말을 건넸지만 환자의 아내는 울기만 했다. 한참을 울다가 그녀가 말했다.

"아이들이 너무 어려서…."

나는 걱정하지 말라고, 아버지가 없는 것이 문제가 아니라 아버지 역할을 해주는 사람이 없는 것이 문제라고 이야기했다. 어머니와 남은 가족들이 아버지 역할을 잘해준다면 아이들은 무탈하게 잘 클 것이고, 설령 환자가 살아있어도 아버지 역할을 해주는 사람이 아니라면 아이들은 제대로 크기 어려운 일이라고 덧붙였다.

다음 날 회진은 평소와 다르지 않았다. 환자의 아버지와 아내는 그의 곁을 지켰고 그는 버텼다. 이제는 소변이 거의 나오지 않아서 정말 못 버틸 것 같은데도 그는 버텼다. 밤에는 별일 없었냐는 질문에 그의 아내는 환자가 호흡이 거칠고 얼굴이 더 붓는 것 같다고 했다. 그때였다. 문이 빼꼼 열리더니 고모로 보이는 여성과 올망졸망

한 어린 눈망울들이 들어왔다. 말로만 듣던 환자의 아이들이었다. 아이들을 보자 나는 그가 버티던 이유를 단박에 알았다.

아이들이 문가에서 주춤거렸다. 병실은 아이들에게 낯설고 두려울 것이었다. 한참 동안 무거운 병실 공기를 탐색하던 아이들이 아빠 옆으로 다가왔다. 둘 중 큰 아이가 환자를 가만히 보다가 제 엄마를 돌아보고 물었다.

"아빠 머리에 혹 나서 아픈 거야?"

환자 머리에는 밤톨만 한 덩어리가 있었다. 혹이 아니라 암이 피부에 전이해서 뭉친 것이었는데 입원하면서 덩어리가 커져 밤톨만 해졌다. 아버지와의 영원한 이별을 일곱 살 난 아이에게 어떻게 이야기해줘야 하는지 나조차도 난감했다.

"엄마, … 아빠 이제 죽는 거야?"

아빠 없는 세상을 살아가야 하는 여섯 살, 여덟 살 아이들에게 어른들은 어떤 말을 해야 할지 알지 못했다. 병실에는 침묵이 가득했고 환자의 부인과 아버지는 말없이 울기만 했다. 흐느낌은 깊어졌다.

아이들의 눈에 비친 아빠의 모습은 이상했을 것이다. '아야아야' 해서 병원에 갔다는 아빠는 자기들이 왔는데도 아는 척도 하지 않고 잠만 자고 있고, 놀아달라고 아빠한테 안기고 싶은데 아빠 몸에 이상하게 생긴 줄이 주렁주렁 달려 있어서 안기지도 못하겠다. 불러봐도 대답이 없고 눈도 뜨지 않는다. 숨 쉴 때마다 그르렁거리며 껙껙 소리만 낸다. 엄마는 아빠 손을 붙잡고 주저앉아 엉엉 울고 할아버지는 벽을 붙잡고 흐느끼고 있다….

환자의 부인이 환자를 흔들면서 소리쳤다. 여보, 눈 좀 떠 봐…. 눈 좀 떠 보라고…. 애들 왔잖아. 얼굴 한 번 봐야지…. 부인은 점점 더 세게 환자를 흔들었다. 그의 부친도 아들을 흔들었다. 내가 먼저 가야지, 네가 어떻게 저 어린 것들을 두고 먼저 가니, 이놈아… 이 매정한 놈아…. 아이들의 눈에는 엄마와 할아버지의 울부짖음을 들은 척도 하지 않은 채 미동 없이 누운 아빠가 더 이상하지 않았을까. 환자의 숨소리는 점점 더 거칠어졌다.

아이들이 다녀가고 한 시간쯤 뒤에 환자는 숨을 거뒀다. 그제야 나는 이 환자의 늦어지던 임종이 이해가 되었다. 마지막으로 아이들이 무척 보고 싶었던 것 같았다. 그래서 그렇게 아이들이 올 때까지 버텼던 모양이었다.

뭉클한 이야기를 하려던 게 아니다. 실제로 가슴 아픈 일이기는 하지만 현실적으로 보자면 환자가 버티면 모두가 힘들다. 환자 본인이 고통스러운 것은 물론이고 마냥 바라봐야만 하는 가족들도 힘겹다. 의사들도 달리 해줄 수 있는 것이 별로 없기에 안타깝다. 결국 이런 시간이 오래 지속되면 모두가 편치 못하다, 그러다 보니 어떤 때에는 차라리 이쪽에서 그냥 편하게 돌아가시는 게 낫겠다는 생각이 들기도 하고, 무슨 미련이 남아서 마지막 가는 발걸음을 저리도 떼지 못할까 싶어지기도 한다.

과학적으로는 수축기 혈압이 50mmHg 이하가 되면 관상동맥에 동맥피가 공급이 되지 않아 심장이 제대로 뛰지 못한다. 하지만 혈압 50mmHg으로 일주일 넘게 버티는 환자도 여럿 있었고, 심지어 어떤 환자는 사후에나 나타날 변화인 시반이 아직 돌아가시지 않은 상태에서 나타나기도 했다. 참 이상한 일이다. 경험 많은 동료 의사들과 이야기를 해봐도 그들도 멋쩍은 표정을 짓고 만다. 아무리 의학과 분자생물학을 배웠어도 이런 경우는 과학적으로 설명이 되지 않는 일이기에 고작 생각할 수 있는 것이 '무슨 미련이 남아서' '저승 가는 발걸음이 안 떨어져서' 같은 것이다. 그게 과학의 영역에 있는 사람이 할 소리냐고 반문할 수 있겠지만 궁색해도 그렇다. 설명되지 않는 임종의 지연과 환자들의 버팀을 어떻게 설명해야 할지 모르겠다.

어차피 과학의 영역을 벗어난 일이라면 임종이 지연될 때 대답할 수 없는 환자에게 묻고 싶어진다. 무엇을 기다리고 있는지, 무엇 때문에 발걸음을 떼지 못하는지. 알 수만 있다면 알아내서 그 바람을 조금이라도 풀어주고 싶은 심정이 된다. 평탄하지 않았을 삶과 지난한 투병 끝에 떠나는 길만큼은 가능한 한 가볍게 떠날 수 있기를, 의사 이전에 한 사람으로서 바라게 되는 것이다.

그런 점에서 저 환자는 조금은 가벼운 마음으로 돌아섰을까? 끝내 아이들을 보고 떠났으니 아쉬움이야 덜었겠지만 남은 자식들에 대한 걱정은 버리지 못하지 않았을까? 그러나 아이는 아이의 눈으로 세상을 본다. 어른들은 늘 어른의 눈으로 아이들을 지레 짐작하지만 아이들은 어른들 이상으로 어려움을 잘 받아낸다. 떠나는 그에게 마음으로 인사를 건넸다. 아이들은 어른보다 낫다고, 걱정하지 말라고. 그의 발걸음이 한 뼘이라도 더 가벼워졌기를 바란다.

2부.

그럼에도 산다는 것은

#

… 나와 만난 젊은 환자들이 암을 극복한 뒤에 살아가는 방법은 꽤 다양하다. 죽음의 고비를 넘기고 성직자의 길로 들어선 친구도 있고, 눈을 돌려 해외에 있는 기업에 취직한 친구도 있다. 운 좋게 아버지 사업을 물려받는 경우도 더러 있고 일찌감치 자영업을 모색하는 친구들도 있다. 대개는 부모의 지원이 가능한 경우였다. 그러나 가장 많은 경우 여전히 백수이거나 혹은 취준생으로 지내고 있다. 그들 가까이에서 지켜본 현실은 훨씬 비정했다.

인생 리셋

"기사님, 롯데호텔로 빨리 좀 부탁합니다."

그날은 학회 발표가 있던 날이었다. 예정된 시각보다 늦을 것 같아서 부랴부랴 병원 앞에서 택시를 탔다. 택시 운전사는 백미러로 나를 쓱 보더니 뒤를 돌아보며 말했다.

"어? 김범석 선생님 아니세요?"

한 번 만나고 다시 볼 일 없는 택시 운전사가 내 이름을 불러서 깜짝 놀랐다. 얼굴을 슬쩍 쳐다보니 내 환자였던 이였다. 세상에 이런 우연이 있나.

그를 처음 만난 것은 5년쯤 전이었다. 그때 그는 폐암 4기였던 환자의 '보호자'였고, 다시 4년쯤 전에는 본인이 '환자'가 되어 병원을 찾아왔다. 그는 이미 위암 수술을 받은 적이 있었고 그것과는 별개로 흉선암 수술도 받았는데, 그 흉선암이 재발되어 재수술과 항암치료를 받았고 다행히 완치가 되었다. 보호자를 환자로 다시 만나는 일도 흔치 않은데 그런 그를 택시 안에서 우연히 만나다니 신기하기도 하고 몹시 반가웠다. 이쯤 되면 우연이 아니라 인연이라 해야 할 정도였다.

학회장으로 가는 길은 생각보다 차가 많이 막혔다. 그는 반가웠는지 평소 외래에서 하지 못했던 이런저런 이야기를 한참 들려주었다.

"암에 걸려보니 그렇더라고요. 내가 암에 걸렸다고 소문이 나니까 평소에 친하게 지내던 친구 놈들 중에도 자기도 암인데 어떻게 하느냐고 걱정하며 찾아오는 놈도 있고, 병원비에 보태라며 봉투에 몇 만 원 넣어 가지고 오는 놈도 있고, 고기 사준다고 나오라는 놈도 있고요. 그런 놈들은 전화라도 해주는 게 참 고마웠어요. 그런데 갑자기 연락이 끊기는 놈이 있는가 하면, 제가 암 보험 쪼끄맣게 들어 놓은 게 있는데 그걸 어떻게 알았는지 그 돈을 빌려달라고 하는 놈도 있어요. 암을 앓고 나니까 인간관계가 싹 정리되데요. 친구인 줄 알았는데 친구가 아니었던 놈들은…. 암에 안 걸렸으면 언젠가 그놈들에게 크게 사기당했을 거예요.

저는 아들만 둘인데 애들도 그래요. 어려서 품 안에 끼고 있을 때나 내 자식이지 이제는 커서 장가 보내놨으니 이래라저래라 할 수도 없고요. 지들도 각자 마누라 눈치도 봐야 할 거고, 살면서 신경 써야 할 다른 것도 많을 거 아녜요? 자식이라고 뭐든 기대하면 안 되겠더라고요. 애들이 오면 좋고 아니면 말고, 전화가 오면 와서 좋고 전화가 안 오면 바쁜가 보다 하고 지냈어요. 그러니 별로 싫은 소리 할 일도 없어요. 애들도 남이다 생각하고 정 떼야 한다고 생각하니 싫은 소리를 할 이유도 없고요. 그러니까 오히려 애들이 저를 더 편해 해요.

막상 암에 걸려서 병 수발이 필요한데 결국 시중드는 사람은 마누라더라고요. 마누라한테 고맙죠 뭐.

저는 이미 4년 선에 죽은 목숨이었어요. 그때 좋은 선생님들 만나서 수술받고 방사선치료받고 항암치료받아서 이렇게 잘 지내고 있는 거죠. 선생님들 아니었으면 이미 제삿밥 세 번은 먹었을 거예요. 저는 복이 많아서 좋은 선생님 많이 만났어요.

선생님들 시간 뺏을까 봐 외래에 가도 그냥 빨리 나와요. 점심 때 식사도 못 하고 외래 보시는 것 같고, 나보다 더 안 좋은 환자들도 많은 것 같은데 오래 하는 상담은 그런 사람들이 필요하죠. 저야 이제 특별히 아픈 데 없으니 검사 결과 괜찮다고 하면 '감사합니다' 하고 나와요. 밥 잘 먹고 안 아프고 검사 결과 괜찮다는데 더 물어볼 것도 없고요.

그런데 오늘 택시에서 이렇게 선생님 만나니 정말 반갑네요. 제가 오늘 말이 많더라도 이해해주세요. 대신 제가 오늘 롯데호텔까지 빨리 모실게요."

창밖으로 보이는 도로 상황으로 보아 아무리 서두른다고 해도 빨리 갈 수 있는 방법은 없어 보였다. 병원에서 안국동 사거리를 지나 종각역으로 가는 길은 원체 혼잡스럽지만 그날따라 더 심했다. 그러니 목적지까지 빨리 가겠다는 말은 현실적이지 않았다. 그건 단지 나를 위한 그의 마음이었을 것이다. 그는 나를 우연히 만나 반갑고 신이 난 것 같았고 하고 싶은 이야기도 많은 듯했다. 가까스로 안국역을 지날 때쯤 조급한 마음을 내려놓았다. 어차피 택시 안에서 내가 할 수 있는 것은 그의 이야기를 듣는 것뿐이었다.

"나는 이미 죽은 목숨인데 죽은 사람이 귀신처럼 다니는 거다 생각하니 인생이 완전히 달라지더라고요. 예전에는 택시를 몰다가 갑자기 끼어드는 사람을 보면 지랄지랄 욕을 한 바가지 했었는데, 요즘에는 그냥 그러려니 내버려둬요. 갑자기 껴들든 말든 그래봐야 한 5분 지나면 어차피 잊어버리고 신경도 안 쓰게 되거든요.

택시 몰면서도 매일 소풍 나오는 것 같아요. 날씨 좋은 날은 손님이 없어도 그냥 드라이브 여행 다닌다고 생각해요. 손님이 있으면 좋고 없으면 혼자 드라이브 다니는 거고, 그러다가 배고프면 기사

식당 맛있는 데 찾아가서 밥 먹고요.

남들은 택시 운전한다고 하대하는 사람도 있는데요. 이 나이까지 할 수 있는 직업이 몇 개 안 돼요. 이 일이 좋은 게 정년이 없거든요. 택시 운전한다고 함부로 대하는 사람들 보면 속으로 그래요. '너는 무슨 일 하는지 모르겠지만 너도 내 나이까지 일할 수 있나 보자' 하고요.

저는 절대 무리해서 일 안 해요. 한 달에 200만 원 정도 버는데 마누라도 그런가 보다 하고 내버려 둬요. 암에 걸리고 난 뒤로는 돈 벌어오라는 소리 안 해요. 집에서 빈둥대지 않고 아침밥 먹고 나가서 저녁 때 들어오고, 한 달에 한 번은 월급봉투라고 손에 쥐어 주니 별 이야기 안 하더라고요. 삼식이 아닌 것만 해도 어디예요. 암 수술 세 번 받고 나니 마누라도 그러더라고요. 제가 안 죽고 살아 있는 것만으로도 고맙다고. 아프지나 말라고.

참, 저희 집은 제사도 다 없앴어요. 며느리들이 싫어하는 건 눈치 보게 되더라고요. 아니, 죽은 사람보다 산 사람이 중요한데 죽은 사람 때문에 산 사람들이 싸우더라니까요? 집안 분위기 안 좋아지는 것 보고 제가 그냥 다 없애자고 했어요. 나 죽으면 내 제사 때문에 애들이 계속 싸우겠구나 싶더라고요. 살아서 잘해준 것도 없고 물려줄 재산도 없는데 죽고 나서도 애들 힘들게 하면 내가 나쁜 놈이죠. 그래서 저희는 명절 때 제사 안 지내고 그냥 놀러 다녀요. 그러니까 다들 좋아해요. 명절 때 더 열심히 와요. 올해는 어디로 놀러 갈지 지들끼리 계획해서 와요. 비용은 똑같이 나눠서 N분의 1이에요. 사실 맛있는 거 먹고 좋은 구경하며 지내기에도 인생이 짧거든요. 그런데 예전에는 왜 그렇게 싸우면서 지냈는지 모르겠어요.

나는 유서도 다 써놨고 죽으면 화장해서 강가에 뿌리라고 했어요. 죽은 사람 챙기지 말고 그냥 너희들끼리, 산 사람들끼리 즐겁게 지내라고요. 나중에는 지들도 그러고 싶대요.

택시 모는 제 동료 중에서는 교통사고로 죽은 친구도 있어요. 아침만 해도 반갑다고 인사했는데 저녁때 장례식장에서 만나니 어찌나 허무하던지…. 그렇게 갑자기 가지 않고 죽을 준비까지 끝내 놨으니 저는 얼마나 다행이냐 싶더라고요. 행복한 거죠. 안 그래요, 선생님?"

그가 그렇게 물었을 때 택시는 막 청계천을 지나고 있었다. 운전석에 앉은 얼굴이 보이지 않아도 표정이 보이는 것만 같았다. 그는 진심으로 행복한 얼굴을 하고 있을 것 같았다.

"암 걸리고 나서 제 인생이 완전히 바뀌었죠. 선생님, 고맙습니다. 암 치료 잘해주셔서 제 인생이 완전히 바뀌었어요. 정말 고마워요. 우리 아들놈이 그러더라고요, 아버지 인생이 리셋된 것 같다고. 허허."

내가 기억하기로 그는 배운 것이 별로 없었고 남들은 한 번도 안 걸리는 암을 두 번이나 걸렸다. 암 수술을 세 번이나 받았고 암이 다시 도져서 항암치료를 받아야만 했다. 지금은 괜찮지만 언제 또 어떻게 암이 재발될지 모르는 처지였다. 경제적으로 풍족한 것도 아니었다. 그런데 그는 지금 행복하다고 말하고 있었다.

목적지에 도착했을 때 뒷좌석에서 택시비를 내고 몸을 일으키는 남자가 백미러 끝자락에 스쳐 지나갔다. 아픈 데 없이 건강한 사십 대 중반의 남자였다. 대한민국에서 최고라 불리는 대학을 졸업했고 의사로서 나름 인정받고 있으며 교수라는 안정된 지위를 가지고 있었다. 외적인 조건을 놓고 보자면 운전석의 그보다 못한 것은 없었다. 그러나 그 순간 나는 순수하게 행복하다는 말이 나오지 않았다. 행복이 어떤 절댓값이 아니라는 걸 알기에 그와 나의 간극에 의문을 가지지는 않았다. 다만 내가 행복을 느끼지 못하는 사람인 것만 같아서 그 사실이 조금 더 나를 슬프게 했다. 그것은 조건의 차이가 아니라 근원적인 부분이었으므로.

인생 리셋이라.

그와 인사를 나누고 택시에서 내려 발걸음을 옮기며 생각했다. 전자제품에 리셋 버튼이 있듯이 가끔 우리 인생에도 리셋 버튼이 있으면 좋겠다고. 인생이 도저히 어찌할 수 없는 지경이 되면 이 버튼을 누르고 인생의 어느 시점으로 되돌아 갈 수 있다면, 다시 시작할 수 있다면 아주 잘살 수 있을 것만 같은데.

물론 어디까지나 꿈같은 이야기다. 지나온 인생을 바꿀 수 있는 리셋 버튼이란 건 없다. 결국은 행복해 보이는 그의 모습이 부러웠다는 이야기다. 그 같은 변화가, 삶을 대하는 깊이와 여유 있는 태도가. 그럼에도 나 자신을 다독였다. 아직은 내가 그 같은 리셋 버튼을 만나지 못한 것뿐이라고. 언젠가는 나 역시 그 같은 순간을, 무엇인가를 만나게 될지도 모른다고.

기적

1년간 미국 캘리포니아에서 연구생활을 한 적이 있다. 한국에서 8년 동안 휴가도 제대로 가지 못하고 환자 진료에 치이며 숨 가쁘게 살았는데 미국에서 보낸 그 시간은 진료에 대한 심적 부담을 덜 수 있다는 사실만으로도 잠시나마 마음이 편했던 시절이었다.

그러나 시간은 화살처럼 흘렀다. 한 해 뒤 가을에 한국으로 돌아왔고 병원으로 다시 출근하던 첫날, 병원의 공기는 여전히 무거웠다. 한국의 가을 하늘은 미세먼지로 흐렸고 공기는 탁했다. 잿빛 하늘과 회색 콘크리트 병원 건물이 내 마음을 짓눌렀다. 돌아온 지 고작 며칠 만에 파란 캘리포니아의 하늘이 그리워지기 시작했다.

복귀한 뒤 첫 회진 날, 환자 명단에는 중한 환자뿐이었다. 원래도 심각하거나 어려운 암 환자들이 많았지만 오랜만의 회진이라서 그런지 늘 해오던 일이 유난히 힘들고 늘 입던 의사 가운이 그렇게 무거울 수가 없었다. 특히 12층에 입원해 있던 사십 대 남자 환자를 보러 가는 길은 발이 복도 바닥에 박혀 쉽게 떨어지지 않았다. 그 환자는 원발부위불명암(암이 전이된 상태에서 발견되었으나 최초로 암이 발생한 위치를 모르는 경우를 말한다. 원발부위불명암은 암이 이미 퍼진 상태에서 발견되기에 대개 예후가 좋지 않다) 환자이자 희귀암 환자였다. 얼굴 한 번 본 적 없었지만 미국에 있을 때부터 그의 존재는 알고 있었다. 환자를 담당하던 종양내과 선생님, 이비인후과 선생님이 이메일로 그 환자에 대해 이런저런 의견을 물어왔었기 때문이다.

두 담당 의사는 이러이러한 젊은 남자 환자가 있는데 수술 소견이 어떻고, 병리 조직 검사 소견은 어떠한데 김 선생은 어떻게 생각하느냐, 원발부위를 알 수 없는데 원발부위를 어디로 놓고 치료하는 것이 좋겠느냐, 이런저런 치료를 했는데 효과가 없었고 다음 치료로는 이런저런 방법을 써보려고 하는데 어떻게 생각하느냐, 이번에는 이런 치료를 했는데 또 잘 듣지 않았다, 다음 치료로 어떤 것이 좋겠느냐, 환자분이 젊어서 적극적인 치료를 원하는데 치료가 잘 듣지 않아 답답하다 등의 내용으로 이메일을 보내오곤 했다. 위낙 희귀암이다보니 의료진도 많이 답답해했다.

이메일의 사연은 늘 구구절절했지만 내 답신은 항상 짧았다. '저도 잘 모르겠습니다, 제 경험상으로 이런 환자들은 이런저런 치료를 해도 잘 듣지 않았습니다, 제 머리로는 별 방법이 떠오르지 않습니다, 환자분은 안타깝지만 호스피스 완화 의료 이야기도 꺼내야 할 것 같습니다, 좋은 의견 드리지 못해 미안합니다…' 늘 이런 식이었다. 그 암은 치료가 쉽지 않은 것도 사실이었지만 환자를 직접 보지 않고 구체적인 의견을 보내기도 어려웠다. 그런데 이메일로만 접하던 그 환자의 담당이 9월부터 나로 바뀐 것이다.

회진을 위해 12층 병동에 들어섰을 때 간호사가 날 보자마자 한마디 했다.

"선생님, 왜 이제야 오셨어요. 환자분하고 보호자가 어제부터 목 빠지게 기다리고 계세요."

"저를요? 저런…. 어제는 제가 종일 외래여서 원래 회진 못 도는 날이었는데요."

"저희도 말씀드렸는데 그래도 선생님을 꼭 뵙고 싶다고 온 가족이 어제 아침부터 종일 저렇게 기다리고 있네요."

병실 문을 열고 들어가서 첫 인사를 나눴다. 병실에는 젊은 남자 환자와 그의 부인, 그의 여동생이 나를 기다리고 있었다. 의무기록과 CT 검사 결과에서 보던 것보다 상황은 더 심각했다. 암 덩어리는 꽤 컸다. 주먹만 한 덩어리는 붉은 괴물처럼 성이 나 보였고, CT 에서 보던 것보다 더 부풀어 있었다. 빗장뼈 옆에 자리 잡은 덩어리의 뿌리는 깊었다. 혈관과 맞닿아 있어서 조금이라도 뿌리가 더 깊어지면 큰 혈관이 터질 것 같았다. 덩어리 한가운데에서 피도 나고 고름도 흘러나오고 있던 것은 덤이었다. 내가 생각했던 것보다 상태가 더 좋지 않았다.

일단 방사선치료를 했던 부위에 암이 바로 재발했다는 것이나 방사선치료가 끝나자마자 암이 커졌다는 건 암이 꽤 질기고 독하다는 걸 의미했다. 외국 같으면 호스피스 완화 의료로 넘어갔어야 하는 환자였다. 하지만 우리나라 환자들과 보호자들 대부분이 그렇듯이 환자와 가족들도 어떻게든 치료에 매달리고 싶어 했다. 환자가 너무 젊었고 아이도 너무 어렸다. 다른 대안이 없어서 면역항암제를 처방했지만 암이 줄어들 기미는 보이지 않았다. 원래 이 암은 면역항암제가 잘 듣지 않는 데다 방사선치료를 한 부위의 암이 커지면 면역 환경이 바뀌면서 면역항암제가 더 잘 듣지 않는다. 적어도 내 경험상으로도 문헌상으로도 그랬다.

병실에서 나를 눈 빠지게 기다렸던 환자와 보호자는 내 입에서 나올 말 한마디에 온 신경을 곤두세웠다. 나는 졸지에 나를 애타게 기다린 환자와 가족에게 첫 인사와 동시에 나쁜 소식을 전해야 하는 처지가 되었다. 종양내과 의사라는 직업 탓이기는 하지만 가끔은 이건 좀 너무하다 싶을 때가 있다. 초면에 임종 이야기를 꺼내야 할 때는 의사와 장의사 사이에 선 저승사자로 살아가는 기분이 들곤 한다. 때로는 다른 과 선생님들처럼 "수술하고 치료하면 좋아질 거예요, 완치될 수 있습니다" 이런 말을 할 수 있다면 얼마나 좋을까 싶다. 하지만 종양내과 의사는 완치와는 거리가 먼, 현실을 냉정하게 봐야만 하는 사람이다.

내 입에서 무슨 말이 나올지 몰라서 긴장하는 환자와 보호자를 불러놓고 이야기했다. 좋은 결과를 기대하고 치료하겠지만 최악의 결과도 염두는 해두고 있어야 한다, 암 덩어리가 줄어들지 않을 경우에는 이런저런 일이 생길 수 있다, 그런 경우에는 더 이상 적극적인 치료는 하지 않을 것이다, 그래도 면역항암제는 부작용은 없으니 한 번 써보기는 하자, 너무 기대는 하지 않는 게 좋겠다⋯. 에둘러 말하기는 했지만 들여다보면 결국 안 좋은 이야기뿐이었다.

환자는 그렇게 치료를 받은 뒤 부산으로 내려갔고, 그 후로 3주에 한 번씩 서울과 부산을 오가며 외래에서 치료를 받았다.

그런데 놀랍게도 면역항암제를 유지하면서 서서히 변화가 일어나기 시작했다. 몇 번의 면역항암제에도 끄떡없던 암 덩어리가 두어 달쯤 지나자 천천히 줄어들기 시작한 것이다. 3주에 한 번씩 볼 때마다 종양의 크기는 서서히 줄어들었고, 급기야는 반토막 수준까지 작아졌다. 면역항암제는 뒤늦게 효과를 보이고 있었다. 전혀 예상하지 못했던 일이었다. 내 입에서는 이런 말이 튀어나왔다.

"참 기적 같은 일이네요."

사실 환자들은 이 같은 치료 효과를 원하지만 의사들의 생각은 많이 다르다. 새로운 의학 정보는 실시간으로 공개되고 치료법도 갈수록 표준화되고 있어서 기적 같은 치료법이라는 것은 이제 거의 없다. 모든 것이 데이터화되고 표준화되어 있는 현대의학에서 기적이란 고전동화 속 이야기가 되어버린 지 오래다. '오래오래 행복하게 잘 살았습니다'로 끝나지만 누구도 동화 속 주인공을 본 적 없고 실제로 있었던 일이라고 기대하지 않는 것처럼 말이다.

많은 환자를 봐야만 하는 의사에게는 0.1퍼센트의 예외적인 특별한 기적을 만들어내는 것보다 0.1퍼센트의 치명적인 실수를 하지 않는 것이 더 중요하다. 한두 명의 기적적인 치료 결과보다 전체 환자에서 평균적인 치료 결과를 만들어내길 원하고, 그 치료의 평균치가 조금씩 좋은 쪽으로 이동해가길 원한다. 그와 마찬가지로 암 환자 치료에서도 기적은 들어본 적은 있지만 실제로 본 적은 없는 일인데, 간혹 아주 드물게 로또가 당첨되는 것처럼 기적이라고 부를 만한 일이 생기기도 한다.

어쨌든 그의 몸속 종양은 기적처럼 줄어들었다. 하지만 어차피 다른 대안이 없기에 그저 면역항암제를 유지해보자고 했던 것뿐, 내가 의도한 것도 탁월한 선택을 한 것도 아니었다. 그런데 예상 밖으로 암 덩어리는 서서히 줄어들었고 급기야는 거의 송두리째 소멸되어버렸다. 심지어 정밀한 유전자 검사도 해봤고 암 조직으로 연구도 해보았지만 그 환자에게만 왜 그리 효과가 있었는지 과학적인 소견을 밝혀내진 못했다. 사라져가는 암 덩어리를 보며 나는 내 지식의 불완전함과 경험의 한계를 절실히 느꼈다. 만일 그때 내가 섣불리 포기했더라면 어땠을까? 내 짧은 판단으로 효과가 없을 거라며 면역항암제를 중단했으면 어떻게 됐을까? 한 생명과 한 집안이 온전히 무너질 수 있는 아찔한 일이었다.

외래에 올 때마다 환자와 보호자는 기쁜 마음으로 그간의 경과를 알렸다.

"두 달 전과 비교해보면 또 반토막 난 것 같아요. 두 달 전 사진이 요거거든요? 이게 얼마나 줄었냐 하면… 잠시만요."

종양 크기가 얼마나 줄어드는지 비교가 필요해서 보호자에게 겉으로 보이는 암 덩어리의 모습을 중간중간 스마트폰 카메라로 사진 찍어 오라고 이야기해뒀는데 보호자는 정말 열심히 숙제를 해왔다. 그러나 보호자가 액정 화면을 열심히 넘기며 사진을 찾는 사이 정작 내 눈은 암 덩어리가 아니라 스쳐 지나가는 어린 아들과 환자의 사진에 꽂혔다. 크리스마스 트리 뒤에서 웃고 있는 아이, 아이와 환자가 함께 웃는 모습, 아이가 어리광부리는 순간, 환자의 미소, 가족이 함께하는 식사…. 사진 속의 아이는 사랑스러웠고 암 덩어리가 줄어드는 만큼 아이와 환자의 얼굴에는 웃음이 커지고 있었다. 스마트폰 속에는 없애고 싶은 것도 있었지만 함께하고 싶은 존재도 있었다.

"아! 찾았다. 여기 있네요. 이게 지난주 사진인데 종양이 정말 많이 줄었죠?"

보호자가 함박웃음을 지으며 자랑스럽게 사진을 보여주었다. 암 덩어리가 거의 다 사라지면서 이 환자의 외래는 갈수록 신나는 외래가 되어가고 있었다. 보호자인 환자의 아내는 내게 고맙다며 장문의 편지 한 장을 주었다. 짧은 외래에서 그간 하지 못했던 그녀의 속마음이 편지에 담겨 있었다.

'○○○ 환자의 보호자입니다. 저 하나도 감당하지 못해 쩔쩔매던 삶인데 보호자가 되어 헤매면서 봄, 여름, 가을이 지나 벌써 겨울이네요. 그 어느 계절도 제대로 느끼지 못하고 지나왔는데 이번 겨울이 제법 겨울 같은 이유는 아마도 선생님이 지난 외래 때 기적이라고 말씀해주셨기 때문이 아닐까 해요. 지난여름, 선생님이 9월에 오신다는 말씀을 듣고 떨리는 마음으로 기다려서 그랬나 봐요. 얼굴 한 번 뵌 적 없던 선생님이 제 꿈에 딱 나타나셨어요. 엄청 큰 등산 가방을 등에 한 짐 지고 뛰어오시면서 "방법이 있어요! 방법이!"라고 외치시더라고요. 인터넷에서 사진으로만 뵌 분인데도 그 당시 저희끼리 얼마나 정이 들고 기다려지던지요. 그렇게 기다렸던 선생님께서 군더더기 없이 말씀해주신 첫 회진 덕분에 이렇게 감사의 편지를 드릴 수 있게 되었습니다. 선생님은 그날 '모진 말'을 하셨다고 했는데 아니었어요. 온 가족이 엉뚱한 기대로 새는 힘을 모아 더 격려하고 기도하며 단단해졌어요. 그리고 그렇게 말씀하셨던 의도를 그때도 지금도 충분히 이해하고 있습니다. 제 꿈에 나타나서 외치신 '방법'이 정말 있었다는 게 저희 가족의 생각입니다.'

보호자는 나를 만나기 전, 한 번도 본 적 없는 나를 꿈속에서 봤다고 했다. 남의 꿈에 언제 어떻게 출연했는지 알 수 없는 나로서는 어리둥절한 일이었으나, 속절없이 종양이 커져만 갈 때 오죽 간절히 기도했으면 일면식도 없는 의사가 꿈속에 나타났을까 싶었다. 그리고 그제야 그 첫날 환자와 가족이 왜 그리도 나의 회진을 목 빠지게 기다렸는지 이해하게 되었다.

구구절절 쓴 편지 곳곳에서 남편과 가족에 대한 사랑이 느껴졌다. 나는 새삼 이들을 죽음의 나락에서 건져낸 것은 의사의 처방이나 면역항암제가 아니라 그 사랑이 아니었을까 생각했다.

암 투병은 환자도 가족도 모두 지치는 일이다. 지난하고 고통스러운 투병 생활이 이어져가다 보면 그나마 남아 있던 사랑도 남루해지기 쉽고 희망도 쉽게 잃는다. 어쩔 수 없이 긴 투병의 모든 끝이 상처만 가득한 폐허로 남는 경우를 수없이 보아왔다. 그러니 희망 없는 속에서도 그 사랑을 잃지 않았다는 것이 암 덩어리가 줄어든 것만큼이나 기적이었다.

경험상 환자가 세상을 떠난다고 해도 가족 간에 사랑을 잃지 않으면 떠나는 환자도 미련이나 후회 같은 것들을 남기지 않는 듯 보였고, 남은 이들은 다시 내일을 살아갈 힘을 얻는 듯했다. 사랑하기에 최선을 다했던 마음이, 그랬던 날들이 남은 사람들을 앞으로 나아가게 했다. 암 치료에서 완치는 신의 영역이지 인간의 영역이 아니다. 그러나 적어도 가족 간의 사랑은 사람이 할 수 있는 일이고 현실 가능성 있는 일이 아닐까? 지금 내가 바라는 기적은 병의 완치보다도 그쪽에 더 가깝다. 모두가 자주 잊고 살지만 그런 기적은 지금 여기에서 만들어갈 수 있다.

학교에서 잘렸어요

"선생님 또 점심 못 드셨죠? 이거 드시면서 외래 보세요."

"이런 거 가지고 오지 말라니까."

"제가 직접 구운 쿠키니까 김영란법 안 걸리는 거예요."

마음씨 고운 아가씨가 또 쿠키를 가지고 왔다. 빈손으로 오라고 해도 매번 올 때마다 샌드위치니 쿠키니 소소한 먹을거리를 가지고 온다. 나는 매번 괜찮다고 하면서도 그녀가 준 간식거리를 맛있게 먹었다. 환자 같아 보이지 않는 이십 대 쾌활한 이 아가씨는 외래에 오면 병에 대한 이야기는 하지 않고 다른 수다만 떨다가 간다.

"선생님, 이번에 온 가족이 다 감기에 걸렸는데 저만 안 걸리고 제가 제일 쌩쌩했어요. 이번에 피 검사 잘 나왔죠? 검사 결과 좋죠?"

"검사 결과는 100점이네. 합격!"

"그럴 줄 알았어요. 그런데 선생님, 저 요즘 다른 일 때문에 미치겠어요."

"왜?"

"학교 때문에요."

J는 발령받은 지 얼마 안 된 선생님이었다. 지방의 작은 마을 어딘가의 공업고등학교가 직장이었는데 그녀에게서 들은 학교 모습은 상상 이상이었다. 약간의 과장도 있을 테지만 그녀가 있는 곳은 마치 불량배 소굴 같았다. 어떤 학생들은 쇠파이프를 들고 다닌다고 했고 왕따인 학생이 맞는 일도 있고 또 어떤 무리의 아이들은 패거리를 지어서 자기들 나름의 조직을 만든다고도 했다. 이야기만 들어서는 내가 떠올리기 힘든 현실이었다. 그녀는 학생들을 열심히, 의욕적으로 가르쳤지만 정작 아이들은 새로 발령 온 젊은 여 선생을 우습게 아는 것 같았다. 게다가 어쩌다 문제가 꼬여 아이들 패싸움에 연루되어 억울하게 징계를 받았고, 민원이 들어가면서 문제가 커진 모양이었다. 난감한 상황이었다. 그러나 사실 이 험난한 이야기조차 한때는 상상조차 할 수 없는 일이었다.

7년 전 J는 꿈을 안고 일본으로 공부하러 떠났지만 온몸에 암세포가 발견되어 그대로 돌아왔다. 홀로 타지에서 생활하면서 종양이 엔간히 커질 때까지 병원에 가지 않았던 것이 문제였다. 한국에 돌아왔을 때 암은 이미 온몸에 다 번져 있었다. 뱃속에 어른 주먹만한 암 덩어리들이 득시글했고 통증 때문에 다리를 뻗고 누울 수 없을 정도였다. 다행히 항암치료 효과가 좋아 완전관해 판정을 받았다. 하지만 기쁨도 잠시, 몇 달 지나지 않아 암이 재발해 암 덩어리가 다시 몸속에 잔뜩 번졌고 이제는 속절없이 죽는구나 싶었다. 그런데 그 즈음 '젤코리(Xalkori)'라는 표적항암제 임상시험이 열렸다. J는 밑져야 본전이니 여기에 참여하겠다고 나섰는데, 놀랍게도 이 표적항암제가 그녀의 암을 남김없이 죽여버렸다. 다시 완전관해.

그렇게 한때 사경을 헤매던 암 환자는 이제 멀쩡해졌다. 완전관해가 유지되어 6년 이상 그녀의 몸에서 암세포는 보이지 않았다. 약값이 1억 원 정도인 고가의 약이었으나 임상시험에 참여한 덕분에 무상으로 약을 제공받아 약값을 걱정할 필요도 없었다. (젤코리라는 표적항암제가 악성림프종에 그렇게 효과가 좋을 것이라고 누구도 예상하지 못했다. 젤코리는 의학교과서를 바꿔놓은 치료법이 되었고 논문도 출판되었으며 많은 연구자들의 주목을 받았다.)

J는 그렇게 일상으로 돌아왔고 대학도 졸업했다. 그 어렵다는 임용고시를 준비하더니 고생 끝에 합격해서 학교 선생님이 되었다. 그런데 이제는 학교에서 잘릴 것 같다고 했다. 선생님이 돼서 좋다

고 했었지만 지금은 선생님이라서 겪는 괴로움과 어려움을 토로했다. 인생은 새옹지마라고 하더니 좋은 일은 좋은 일인 듯 나쁜 일이었고, 나쁜 일은 나쁜 일인 듯 좋은 일 같았다.

처음 만났을 때 이십 대 초반이던 아가씨는 산전수전 다 겪으며 어느덧 서른을 바라보는 나이였다. 외래로 J를 만난 지도 7년째가 되면서 그녀와는 편히 이야기를 나누는 사이가 되었다.

"너 팔자가 좀 센가 보다."

"그러게요. 제 생각에도 그런 것 같아요. 다음 주에 점 보러 가려고요."

"점 보지 마. 점쟁이들도 암에 걸리면 자기 얼마나 더 살 수 있냐고 나에게 물어. 뭐가 궁금해? 복채 안 받을 테니까 물어 봐."

"음…, 선생님 제가 학교를 계속 다녀야 할까요?"

이미 마음을 굳힌 상태에서 묻는 질문에는 굳이 반대 의견을 낼 이유가 없다. 마음먹은 대로 하라고 독려하고 나도 같은 생각이니 잘해보라는 격려가 필요할 뿐이다. 간혹 '마음을 정한 상태에서 상대방의 동의를 구하는 질문'과 '정말 마음을 정하지 못한 상태에서 어떻게 해야 할지를 묻는 질문'을 구분하지 못하는 경우가 있다. 이것을 구분하지 못하면 묻는 사람이나 대답하는 사람이나 서로 괴로워진다. 상대방의 물음 속 숨은 의도를 정확히 파악해야 한다. J는 이미 마음을 굳힌 상태로 보였고 심지어 그건 누구나 쉽게 알 수 있을 정도였다.

"선생님, 제가 이 직장을 정말 계속 다녀야 하느냐고요."

"때려쳐. 즐겁게 살아도 인생은 짧아. 너 저승길 앞에서 한 번 유턴해서 와봤잖아? 인생 별거 없지? 잘리기 전에 네가 먼저 쿨하게 사표 내. '됐거든 너희 아니어도 나 잘살거든?' 하고 와."

"그렇죠? 선생님 생각에도 그렇죠?"

그녀의 얼굴에 환한 미소가 번졌다.

"다른 일 알아봐. 너 정도 능력이면 할 수 있는 일 많아."

나는 보통 타인의 인생에 깊게 관여하지 않으려고 한다. 나도 내 인생에 자신이 없고 잘살지 못하는데 누구 인생에 무슨 잔소리를 한단 말인가. 다만 J는 7년 이상 지켜봐왔고 어느 정도 그녀에 대해 알기 때문에 가능한 일이었다. 지금 그녀에게 필요한 것은 격려와 응원, 지지라고 믿었다.

"저도 그런 것 같아서 사표 다 써놨어요."

"사표 내고 인증샷 올려."

J는 그날 한껏 웃으면서 진료실을 떠났다.

지금까지 녹록하지 않은 길을 걸어온 만큼 그녀도 삶의 내공이 쌓였을 것이다. 그녀의 인생이 이전보다 좀 더 단단해지고 깊어졌다는 것을, 그만큼 그녀가 좀 더 성숙해졌다는 것을 충분히 알 수 있었다. 살다가 또 어떤 험난한 순간들과 마주칠지 모른다. 하지만

J라면 그 힘으로 앞으로의 날들을 잘 헤쳐나갈 수 있을 것 같았다. 분명히 그럴 것이라 믿는다.

추신. J는 학교를 그만뒀고, 그 후 사랑하는 사람을 만나 5월의 신부가 되었다. 새 신부에게 축하의 박수를 보낸다.

잔인한 생

어느 화창한 봄날 나는 환자의 배우자에게 무거운 이야기를 해야 했다. 이제 환자는 점차 우리 손을 떠나고 있다고, 암이 계속 자라나는데 방법이 없다고. 환자는 후신경모세포종 환자였다. 몇 달 전 뇌압 상승으로 응급수술을 하고 고비를 넘겼으나 항암치료가 좀처럼 효과가 없었다. 살 팔자가 될 줄 알았는데 그러지 못했다. 암이 자라면서 다시 뇌압이 상승할 텐데 그때는 수술을 하지 않고 편하게 보내드릴 것이라는 것도, 호스피스 완화 의료 팀에서 호스피스 상담을 할 것이라는 앞으로의 방향도 덧붙여 이야기했다, 벚꽃이 화창한 바깥 봄 날씨와는 거리가 먼 무거운 이야기였다. 보호자인 부인은 연신 눈물을 흘렸다.

환자가 있는 병실을 나오는데 병실 구석에 중학생으로 보이는 남자아이가 눈에 들어왔다. 애써 태연한 척하고 있었으나 불안과 슬픔이 얼굴에 서려 있었다. 얼마 전까지만 해도 응급수술을 받고 돌아온 아버지의 생환을 기뻐했을 아이였다. 나는 아이에게 다가가 물었다.

"몇 학년이니?"

"… 중학교 2학년이요."

그 대답에 괜찮을 거라거나 힘내라거나 하는 예의상의 말조차 하지 못했다. 그 대답을 듣는 순간 그 아이에게서 내 어릴 적 모습이 보였기 때문이었다.

아버지가 폐암 진단을 받았던 것이 내가 중학교 2학년 때였다. 아버지는 수술을 받으셨지만 암이 재발했고, 여러 가지 치료에도 불구하고 내가 고등학교 1학년이 끝나가던 무렵에 돌아가셨다. 아버지의 죽음은 내게는 살면서 처음으로 맞이하는 충격적인 사건이었다.

아버지께서 돌아가시자 기억도 가물가물한 아버지의 친구들은 내 기억에도 없는 '아버지가 빌려간 돈'을 내놓으라며 찾아왔다. 아버지께서 생전에 사업하시면서 친구들에게 돈을 빌리셨다는데 떠나시기 전에 갚지 않았으니 대신 갚으라며 나를 찾아온 것이다. 그들에게 친구는 살아있을 때나 친구였지 죽고 나니 친구가 아닌 모양이었다. 죽은 친구의 아들에게서도 돈이 나올 수만 있다면 기꺼이 그 아들을 물어뜯을 수 있어 보였다. 그 와중에도 나는 의과대학을 가고 싶었다. 그러나 경제적 여력이 되지 않았으므로 집안에서는 반대하고 나섰다. 특히 어머니의 만류가 컸다. 내가 고등학교를 졸업하자 어머니는 앞으로 내 뒷바라지는 못 한다고 일찌감치 선언하셨다.

결국 내가 하고 싶은 공부를 하려면 그나마 등록금이 싼 의과대학을 가야했으므로 국립대 의과대학을 찾을 수밖에 없었다. 단 집이 서울이었기에 지방으로 가면 하숙 비용이 추가됐기 때문에 지방 국립대는 갈 수 없었다. 선택의 여지없이 남은 것은 서울대학교 의과내학뿐이었으나 성적은 턱없이 부족했다. 그랬던 내가 어찌어찌 그 학교에 입학한 것 자체가 기적이었는데(지금 와서 생각해봐도 내가 어떻게 서울의대를 들어왔는지 도통 알 수가 없다. 정해진 길이었다고 생각하기에도 신기한 일이다), 합격했다고 마냥 기뻐할 수는 없었다. 등록금은 고사하고 당장의 생활비도 없었으므로 나는 돈을 벌어야 했다.

돈, 돈, 돈.

악착같이 과외를 했다. 학교를 다니며 과외를 서너 개씩 하다 보면 몸이 축났다. 동아리 활동 같은 건 사치였다. 내일이 시험이어도 돈을 벌려면 오늘 과외를 하러 가야 했다. 남 공부시키느라 내 공부를 하지 못할 때 더없이 속상했지만 방법이 없었다. 공부할 시간이 없으니 최대한 수업시간에 집중해야 했다. 머리가 좋지 않아 노트에 적어 놓지 않으면 머릿속에 남는 것이 없어서 필기를 열심히 했고, 과외를 마치고 지하철역에서 집으로 걸어오는 동안 그날 필기한 것들을 외우고 까먹기를 반복했다.

사는 건 왜 그렇게 잔인한 일인지. 그렇게 근근이 아르바이트를 해서 등록금을 모아 놓으면 친척 중 누군가가 찾아와서 그 돈을 가져가버렸다. 그들은 어린 조카의 등록금을 가져가서 자신의 생활비로 쓰는 듯했다. 그것이 그들이 살아가는 방식이었고 세상에는 그렇게 살아가는 사람도 있다는 것을 그때는 알지 못했다. 지금 생각해보면 그때 그 돈을 뺏긴 내가 어리석었다. 친척이든 누구든 간에 내가 번 돈은 뺏기지 말고 악착같이 버텼어야 했다. 그러나 그때는 어려서 몰랐다. 아무도 세상을 어떻게 살아가야 하는지, 어떻게 맞서 싸우며 살아야 하는지 가르쳐주지 않았다. 아니, 어쩌면 차라리 모르는 편이 나았을지도 모르겠다. 알았더라면 더 버티지 못했을 것이다.

등록금이 없어서 휴학을 고민할 때 내 사정을 잘 아시는 학생 부학장님이 장학금을 연계해주셨다. 그분이 아니었다면 나는 동기들보다 1년 늦게 졸업했을 것이다. 핏줄들은 하나같이 나를 괴롭혔지만 피가 섞이지 않은 사람들이 나를 많이 도와주었다. 세상이 마냥 더럽고 험하지만은 않다는 것을, 세상에는 그래도 아직 온정이 남아 있다는 것을 나는 핏줄이 아닌 사람들로부터 배웠다. (그것은 내가 살면서 잊지 않으려고 노력하는 일 중 하나다.)

아버지라는 보호막 없이 홀로 선다는 것은 내게 그런 일이었다. 비가 오면 비를 맞아야 하고 눈이 오면 눈을 맞아야 한다. 남들은 비 같은 것 맞지 않고 잘만 사는데 왜 나만 비를 맞아야 하느냐고 불평을 늘어놓는 것조차 사치다. 생존의 문제가 걸리면 그런 것은 부차적인 문제가 된다. 비를 맞으면서도 비가 그치고 나면 해야 할 일들을, 눈앞의 문제들을 어떻게 해결해나가야 하는가, 같은 것들을 머릿속으로 곱씹어야 한다. 아버지라는 그늘 아래에 머물며 세상이 어떻게 돌아가는지 알 수 없고 알 필요도 없던 나이에 정신 차리고 보니 순식간에 무방비 상태로 세상에 내동댕이쳐져 있었다. 내 잘못은 아니었으나 온전히 내가 견뎌내야 하는 내 몫이었다.

그 시절에 나를 놓아버리지 않고 스스로의 힘으로 붙들어야 했던 것은 외롭고도 힘겨운 일이었다. 몰랐으니 지나왔지만 만일 그때 내가 앞으로 어떻게 살아야 할지, 어떤 방향으로 나아가야 할지 작은 조언이라도 건네주는 어른이 있었다면, 그랬더라면 나는 조금이나마 덜 힘들지 않았을까? 덜 외롭지 않았을까.

그래서였을 것이다. 눈앞의 열다섯 사내아이를 지나치지 못했던 것은. 내가 겪은 일들과 똑같지는 않겠지만 가장의 부재는 분명히 중학생이 감당하기에는 큰 시련이고, 또래 친구들은 겪지 않아도 될 일들을 겪게 될 것은 분명했다. 정도의 차이는 있을지 모르지만 본인의 삶을 본인이 책임져야 한다는 것을 일찌감치 깨닫게 될 것이다.

나는 아이를 붙들고 이런저런 이야기를 건넸다. 지금 생각해보면 무슨 말을 어떻게 했는지 잘 기억나지 않지만 아마도 내 지난 이야기들이었던 것으로 기억한다. 지우고 싶고 가슴 속에 묻어뒀던 옛 이야기들. 세월이 지나 지금 내가 아는 것을 그때의 내가 알았더라면 하는 것들을, 누구든 어른이 내게 알려줬으면 했던 것들을. 그러나 중학교 2학년, 그 나이의 소년이 이해하기에는 버거운 것들이었을 것이다. 소년은 어렸고 내 이야기는 아직 닥치지 않은 미래에 속한 것일 테니까.

다만 나의 과거가 이 소년의 미래이리라는 아픈 예견과 나의 과거는 그저 나의 것이기를, 이 아이는 나와는 다른 날들을 살아가기를 바라는 마음이 뒤섞였던 것 같다. 잔인한 생의 굴레가 또 누군가를 얽매지 않기를 바라지만 데자뷔 같은 느낌이 나를 괴롭게 했다. 그래도 다행인 것은 잔인한 생도 생이어서 멈추지 않고 굴러간다는 점이다. 내 경우에도 돌아보면 끝이 없을 것 같던 그 굴레가 어느 순간 느슨해졌고, 이제는 그 흔적을 쓸어보며 그때만큼은 아프지 않게 되었다. 수많은 이야기를 했지만 정작 내가 아이에게 말해 주고 싶은 단 하나는 이것이었다. 모든 것은 다 지나간다고. 이 소년에게 나는 완벽한 타인으로 남겠지만 비슷한 시간을 먼저 지나와 지금 여기에 서 있는 어른으로서 눈앞의 소년이 잘 버텨나가기를, 덜 외롭기를 진심으로 바랐다.

아이의 신발

　소아과 의사로부터 백혈병을 앓던 한 소아 환자와 보호자인 그 엄마에 대한 이야기를 들은 적이 있다. 모든 치료가 실패했고 의료진도 더는 할 수 있는 게 없어서 아이는 임종만을 기다리는 중이었다. 어느 날 아침, 간호사가 아이의 혈압을 재러 병실에 들어섰을 때 보호자인 엄마는 아이를 품에 안고 있었다. 그러나 간호사는 보자마자 아이가 이미 호흡이 멎은 것을 알았다. 아이의 얼굴이 이미 푸른빛을 띠고 있었던 것이다. 숨이 끊어진 시간은 새벽인 듯싶었다. 그러나 아이 엄마는 미동도 하지 않은 채 죽은 아이를 끌어안고 있었다. 아이의 사망 사실을 알리면 의료진이 아이의 시신을 데려

갈까 봐 누구에게도 알리지 않고 아이를 꼭 끌어안은 채로 밤을 새운 모양이었다. 간호사가 나중에 말하길, 마지막 온기를 나누고 있는 그 모습이 흡사 성모마리아가 아기 예수를 끌어안고 있는 모습 같았다고 했다. 지난 밤 아이는 열이 펄펄 끓고 호흡이 점차 거칠어졌고 마지막으로 "엄마…"라는 한마디를 내뱉고는 몇 시간 뒤 서서히 숨이 멎었다고, 아이 엄마는 나중에야 털어놓았다.

병원 규정을 어기고 아이의 사망 사실을 알리지 않은 그 엄마를 그 누구도 책망하지 않았다. 사망진단서를 써야 하는 담당 의사도 아이의 사망시각을 임의로 적었다. 조금이라도 더 아이를 품에 안으려고 했던 엄마는 한참 후에 아이의 시신을 영안실로 보냈다. 아이를 받아 든 의료진의 말로는 시신이 동이 트고 나서도 따뜻했다고 했다.

자식을 먼저 앞세우는 일은 부모로서 결코 담담해질 수 없는 일이다. 암 병원에서도 이런 일은 드물지 않다. 암 환자라고 하면 나이 든 중년, 노년의 환자를 떠올리기 쉽지만 실제로 암은 나이를 가려 덮쳐오지는 않는다. 당연히 어리고 젊은 암 환자들이 많고, 그중에서는 완치되지 못하고 세상을 떠나는 경우가 없지 않다. 결국 그 부모도 자식을 먼저 떠나보내는 아픔을 고스란히 안아야 한다.

세월호 유가족의 이야기를 다룬 『금요일엔 돌아오렴』이라는 책에는 죽은 아이의 신발에 대한 이야기가 있다.

"49재 때 스님이 애 사진을 다 없애야 애가 좋은 데 간대요. (⋯) 그래서 싹 정리했어요. 애가 열심히 공부했던 거, 필기한 노트들 가방에 넣어서 그대로 태워줬어요. (⋯) 신발은 몇 켤레 있지도 않았는데 그것도 다 신고 가버려서 남아 있는 게 없더라고요. 없어서 하나 사서 태워줬어요. 왜 그렇게 구질구질하게 살았는지⋯."

–『금요일엔 돌아오렴』 중에서

이 책 속에서 아이 엄마는 왜 그렇게 구질구질하게 살았는지 모르겠다며 가슴을 쳤다. 죽은 아이의 신발을 새로 샀다는 엄마의 사연을 읽었을 때 더 이상 책장을 넘기지 못했다. 그리고 젊은 암 환자의 보호자였던 한 어머니를 떠올렸다.

그때 환자는 이십 대 초반이었다. 림프종으로 여러 차례 항암치료를 받았지만, 그만큼 여러 차례 재발을 했고 더 이상 치료가 듣지 않아 결국 세상을 떠났다. 아직 푸릇한 어린 자식을 잃은 어머니는 아이의 49재가 끝나고 외래로 나를 찾아왔다. 진료 대상인 환자가 없으므로 그녀는 더 이상 '보호자'가 아니었고 나를 찾아오지 않아도 되었다. 그러나 알 것 같았다. 몇 년 간 병원에 오갔던 것이나 임종 직전에 머물던 이 장소가 좋은 기억일 리 없음에도 그것조차 아이와 함께한 시간이었을 것이고, 그 흔적들이 이 암 병원 곳곳에 남아 있었을 것이다. 그리고 그 시간 속에 담당 의사였던 내가 있었을 것이다. 어머니는 그 흔적을 되짚어 나를 찾아왔으리라.

그녀는 내 앞에 앉아 한참을 울었다. 이렇게 될 줄 알았더라면 아이에게 조금 더 잘해줄 걸, 그때 조금 더 항암치료를 해볼 걸, 아이를 임신했을 때 약을 먹었는데 그것만 아니었어도 아이가 아프지 않지 않았을까, 하며 후회와 슬픔이 한데 뒤섞인 울음을 토해냈다. 모자란 엄마에게 여러모로 과분한 아이였다고도 했다. 그리고 49재에 대한 이야기를 꺼냈다.

평소 다니던 절에서 아이의 49재를 치렀다고 했다. 그동안 아이의 병을 낫게 해달라고 그토록 간절히 기도했지만 끝내 그 기도를 외면한 부처 앞에서 아이의 제사를 지냈다. 제사가 끝나고 스님이 아이의 물건을 태워서 저승으로 보내주라고 해서, 준비해 간 아이의 물건들을 하나하나 태웠다. 아이가 좋아하던 옷가지, 즐겨하던 게임기, 아이가 읽던 책 등을 그러모아 불을 붙였다. 눈이 나빴던 아이가 안경이 없으면 저승길을 헤맬 것 같아서 안경도 밀어 넣었고, 가는 길에 배고플까 싶어 좋아하던 치킨도 불 속에 밀어 넣었다. 저승에서라도 부족함 없이 지냈으면 해서 아이가 좋아했던 것, 좋아할 만한 것들을 바리바리 싸 가지고 와서 태웠다.

그런데 도저히 태울 수 없는 것이 한 가지 있었다고 했다. 그것은 바로 아이가 병원에서 신던 슬리퍼였다. 투병 생활이 몇 년째 이어지고 임종 전 몇 달은 병원에만 있다 보니 아이에게는 변변한 신발이 하나도 없었다. 대부분의 장기 입원 환자가 그렇듯이 병원 생활에는 슬리퍼만 한 것이 없었고 아이도 몇 달은 병원 생활을 하면서 그것만 신고 지냈는데 그 낡은 슬리퍼가 결국 아이의 마지막 신발이 되었다. 그 헤지고 낡은 슬리퍼를 태우려고 하니 저승 가는 길조차 슬리퍼를 신고 가면 아이가 발이 시려울까 봐 차마 태울 수 없었다는 이야기였다.

그 어머니는 그날 미처 신발을 태우지 못한 것이 못내 마음에 걸려 며칠 뒤에 결국 새 신발을 새로 샀다고 했다. 아이가 살아 있을 때에는 비싸서 사주지 못했던 브랜드 신발이었다. 그녀는 낡은 슬리퍼를 끌어안은 채 새 신을 따로 태우며 한참을 울었다고 말했다.

나는 그때 알았다. 죽은 아이의 신을 버리기만 하는 것이 아니라 새로 사기도 한다는 것을. 그들은 그렇게 가슴에 아이를 묻었을 것이다. 어쩌면 그 환자의 어머니도, 학생의 어머니도 매년 추운 겨울이 되면 따뜻한 겨울 점퍼를 새로 사서 태우지 않을까? 더운 여름이 되면 아이가 입을 시원한 여름옷을 사서 태우지 않을까? 아니, 그들뿐만이 아닐 것이다. 어리고 젊은 자식을 잃은 부모는 대개가 그러하지 않을까.

오늘도 공무원 시험을 준비합니다

"올해는 언제 시험이니?"

"이제 두 달 정도 남았어요."

B는 공무원 시험을 준비하고 있었다. 6년 전 내가 그를 처음 만났을 때 B는 고환암이 폐에 전이된 상태였다. 군 제대 직후 고환에 덩어리가 만져져서 병원을 찾아왔고, 몇 가지 검사 후 고환암 진단을 받은 뒤 곧바로 고환 절제술을 받았다. 졸지에 암 환자가 된 것이다. 그나마 이 암은 항암치료가 잘 듣는 편이고 다른 데 전이가 있다고 해도 적극적인 항암치료로 완치까지 기대해볼 수 있었다.

그러나 항암치료는 독했다. 머리카락은 다 빠졌고 항암주사를 맞는 내내 토했다. 아무것도 먹지 못한 빈속이라 이제 더 토해낼 것도 없을 것 같은데 또 다시 구토가 시작됐다. 토악질이 멎으면 설사가 시작됐고, 결국 밤새 변기를 부여잡고 설사와 구토를 반복했다. 음식 냄새만 맡아도, 소독약 냄새만 맡아도 욕지기가 올라왔다. 구토 방지제도 효과가 없었고 하루하루가 고역이었다. 소변에서도 항암제 냄새가 나서 볼일을 보다가도 속의 것을 게워냈다. 얼마나 힘들었는지 이십 대의 건장했던 청년은 항암치료를 그만하면 안 되겠냐고 울면서 애원했다. 그의 어머니와 나는 조금만 더, 조금만 더 견뎌보자고 그를 달래는 것 말고는 달리 할 수 있는 것이 없었다. 회진을 갈 때마다 항암치료를 그만하고 싶다고 우는 청년과 그래도 해야 한다는 엄마와 의사의 실랑이만 늘었다.

죽을 것처럼 지속되는 고통도 시간 앞에서는 장사가 없다. '조금만 더'를 거듭하는 사이 예정된 네 번의 항암치료가 끝났다. 시간은 많은 것을 해결해주었다. 마지막으로 시행한 PET/CT(암세포의 위치나 활동 정도까지 정확히 알 수 있는 양전자 단층 촬영 검사)검사에서 다행히 폐 전이가 모두 사라졌음을 확인했다. 암이 모두 사라졌다는 의미였다.

그는 복학 후 일상으로 돌아왔다. 그러나 암이 사라졌다고 기뻐한 것도 잠시, 암을 극복한 이십 대 초반의 젊은이에게 세상을 어떻게 살아내야 하는지 가르쳐주는 사람은 없었다. 손꼽히는 명문대는 아니었어도 서울의 4년제 대학을 준수한 성적으로 졸업했지만 졸업과 동시에 그를 기다리고 있던 것은 '청년실업자'라는 타이틀이었다. 그는 백수가 된 것이다. 다만 혼자는 아니었다. 다른 친구들도 대개 그와 같았다.

암을 극복했다는, 그 고통스러운 항암치료를 이겨냈다는 자부심도 냉혹한 현실 앞에서는 소용이 없었다. 사지육신 건강한 젊은이들도 취직이 안 되는 때였다. 기업 입장에서는 굳이 암 환자 딱지가 붙은 젊은이를 채용할 이유가 없다. 건강상의 문제를 속이고 취직했다가 나중에 발각되면 강제 퇴사 사유가 된다. 암을 앓았던 이십 대 젊은이가 무사히 취직할 수 있는 번듯한 직장은 많지 않았다.

설령 취직이 되었다고 하더라도 그 이후의 미래라고 봄날이기는 힘들다. 먹고사는 일은 해결된다지만 연애나 결혼으로 넘어가면? 고환이 하나뿐인 암 경험자를 진정 사랑해줄 사람이 나타나기는 할까? 결혼이라도 한다면 상대 집안에서 탐탁하게 여기기는 할까? 결혼한 뒤 암이 재발이라도 하면? 자칫 잘못되면 딸은 청상과부가 될텐데 어느 집에서 좋아라 할까. 건강한 사람도 많은데 하필이면 암 환자가 사윗감이라니. 반대할 게 눈에 선했다.

결국 B가 선택한 것은 9급 공무원이었다. 수백 대 일의 경쟁률을 뚫어야 하지만 적어도 일반직 공무원 시험은 60세 미만까지는 응시가 가능하고 무엇보다 정년이 보장된다. 아프더라도 병가를 쓸 수 있는 몇 안 되는 직업이다. 그래서 B는 공무원 시험을 준비하고 있었다. 결과야 알 수 없지만 아무것도 안 하는 것보다 뭐라도 하고 있는 것이 심리적으로나 사회적으로나 나았다. 적어도 취업 준비생이라는 신분은 가질 수 있었으니까.

B가 외래에 올 때마다 그가 안쓰러웠다. 그의 검사 소견은 깨끗하고 좋은데 내 마음은 착잡해졌다. 내 속이 이런데 하물며 그의 속은 더할 것 같았다.

나와 만난 젊은 환자들이 암을 극복한 뒤에 살아가는 방법은 다양하다. 죽음의 고비를 넘기고 성직자의 길로 들어선 친구도 있고, 눈을 돌려 해외에 있는 기업에 취직한 친구도 있다. 운 좋게 아버지 사업을 물려받는 경우도 더러 있고 일찌감치 자영업을 모색하는 친구들도 있다. 대개는 부모의 지원이 가능한 경우였다. 그러나 가장 많은 경우 여전히 백수이거나 혹은 취준생으로 지내고 있다. 그들 가까이에서 지켜본 현실은 훨씬 비정했다. 취업을 위한 소견서에 암은 이제 깨끗이 완치가 되어 아무런 문제가 없다고 써 주지만, 그다음 외래에 찾아와 다시 소견서를 부탁하는 걸 보면 취직의 문턱은 여전히 높은 것 같았다.

의사로서 말하지만 그들은 단지 암을 겪었을 뿐이다. 심지어 그 젊은 친구들이 엄청 큰 욕심을 부리는 것도 아니다. 덜 평범하게 살아도 좋으니 그저 스스로의 힘으로 먹고살아보겠다는 정도이다. 그저 생계를 위해 취직하는 일조차 암 환자였기 때문에 불이익을 받는다는 것이, 그 문턱을 넘기 어렵다는 것이 안타깝기만 하다. 사회가 젊은 암 생존자에게 최소한의 꿈과 희망도 제시해줄 수 없는 걸까? '노오력'하면 된다거나, 공무원이 최고라는 식의 말들은 너무 무책임하지 않은가? 나 역시 내 젊은 환자들에게 완치 이후의 삶에 대해 해줄 수 있는 것이 아무것도 없고 의사 이전에 이 사회의 어른으로서 제시해줄 수 있는 비전이 없기에 때때로 미안해진다. 우리 사회가 힘겹게 죽을 고비를 넘긴 젊은이들에게 절망이 아닌 뭔가를 보여줄 수는 없는 걸까?

암 생존자가 160만 명이 넘어섰다. 이 중 상당수는 젊은이들이다.

요구르트 아저씨

"선생님! 안녕하세요."

석 달에 한 번씩 오는 요구르트 아저씨가 있다. 그는 외래에 올 때마다 늘 요구르트 두 병을 사 가지고 온다.

"오늘 또 요구르트 사 오셨어요? 그러지 마시라니까요."

"아이고 참, 내가 돈 주고 산 게 아니라 오다가 주운 거예요. 자, 요구르트 한잔 쭉 하세요. 우리 간호사 선생님도 하나 드시고. 지금 드세요. 안 드시면 나 안 나가요. 하하하."

"고맙습니다. 지난번에 뵙고 별일 없으셨지요?"

"네, 컨디션 100점이에요. 다들 나보고 무슨 폐암 환자냐고 해요.

요즘에는 어디를 가든 제가 분위기 메이커예요.”

“다행이네요! 검사 소견도 다 좋아요.”

“그래요? 좋은 일이네요. 감사합니다. 그런데 선생님도 입꼬리 올리고 좀 웃으면서 지내요. 너무 심각한 얼굴을 하면 환자들이 무서워해요. 그렇게 웃으니까 얼마나 좋아요. (…) 아이쿠, 내가 오늘도 말이 많았네요. 사람들 많이 기다리던데 난 그만 얼른 가볼게요. 약은 지난번이랑 똑같이 주세요. 자, 오늘도 힘내세요!”

그가 다녀가면 진료실 분위기가 확 살아나고 나도 덩달아 기분이 좋아진다. 요구르트에 박카스라도 탔는지 그가 올 때마다 충전되는 것만 같다. 폐암 환자인 그는 먹는 표적항암제를 복용 중인데 부작용도 전혀 없고 워낙 잘 듣는 덕에 그의 외래는 부담이 전혀 없다.

‘극단적 장기 생존자(Extreme long term survivor).’ 말 그대로 암 환자임에도 극단적으로 오래 사는 사람들이 있다. 이런 사람들은 컨디션이 좋기 때문에 입원하지 않는다. 전공의 수련을 받는 기간에는 주로 병동 환자를 보므로 상황이 좋지 않은 환자만 주로 만나기 때문에 이렇게 상황이 좋은 경우가 있다는 사실을 알지 못한다. 그러나 교수가 되고 외래 진료를 몇 년간 오래 하게 되면 많은 수는 아니어도 이런 극단적 장기 생존자를 만나곤 한다.

이런 환자는 교과서적으로는 설명하기 어렵다. 극단적인 장기 생존이 어째서 가능한지 알 수 없지만 내가 잘 치료해서 오래 사는 것 같아서 우쭐하기도 하고, 환자가 정상적인 생활을 잘 영위해가는 것을 보며 보람도 느낀다. 교과서도 틀릴 수 있다는 겸손도 체득하게 되고 간혹 내가 오진한 것은 아닌지 돌아보게도 된다. 가령 암이 아니라 결핵과 같은 양성 염증이었는데 암으로 착각했던 것은 아닌지 되짚어 보는 것이다. 나도 그런 경우가 있었다. 이 정도 암 상태면 분명 예후가 나빠지고 결국 환자는 숨이 멎었어야 하는데, 환자가 너무 멀쩡히 잘 지내는 것이 이상해서 그의 예전 의무기록을 다시 살펴본 적이 있다. 하지만 병리 조직검사에서 분명 암세포가 나왔으니 분명 암이 맞고 여기 저기 전이된 것도 맞았다.

이런 환자들의 공통점이 하나 있는데 바로 긍정적이라는 것이다. 적어도 내가 봐온 극단적 장기 생존 환자들은 모두 한결같이 그랬다. 물론 긍정적 성향이 장수의 비결이라는 식의 이야기는 의사가 할 소리는 아니다. 의사는 과학자이자 연구자이기도 하므로 이 상황에 대해 설명을 한다면, 'EGFR gene의 exon 19 microdeletion이 있으면서 PD-L1 expression이 적어서 EGFR tyrosine kinase inhibitor를 썼을 때 progression-free survival이 길며, 아울러 …이 tumor specific memory T cell portion을 증가시켜서 extreme long term survival을 초래한다'라는 식으로 설명을 해야 하지만 제아무리 연구자라도 세상에서 벌어지는 모든 일들을 과학적으로 설명하기는 힘들다. 어떤 때에는 그냥 직관적으로 보이는 현상으로 설명하는 것이 더 나을 때가 있다. 그래서 나는 그저 이렇게 오래 사는 분들의 비결은 '한결같은 긍정성'이라고 생각한다.

이 환자들은 어떤 상황에서든 늘 표정이 밝다. 분명 치료 중간중간 고비가 없던 것은 아닌데 긍정의 기운과 감사의 기운이, 좋은 에너지가 온몸에 넘쳐흐른다. 보고만 있어도 괜히 기분이 좋아진다고 해야 할까?

"선생님 아니었으면 저는 진작에 죽은 사람이었죠. 보너스로 사는 건데 얼마나 감사한 일이에요. 이왕 보너스로 사는 거 즐겁게 살아야죠. 안 그래요?"

심지어 자기 관리도 무척 잘한다.

"선생님, 내가 매일 한 시간씩 운동하고, 밥 삼시세끼 잘 챙겨 먹고, 술은 입에도 안 댑니다. 마누라하고 얘기도 잘하고, 항암약도 매일 제시간에 늦지 않게 잘 챙겨 먹어요. 폰으로 알람 딱 해놓고 1분 1초도 안 어기고 딱딱 맞춰서 먹습니다. 마누라가 나보고 그러대요. 니는 환자 아이다, 나이롱이다 나이롱. 하하."

이 요구르트 아저씨도 마찬가지였다. 중간에 위기가 몇 번 있었다. 암이 재발하기도 했고 상태가 나빠지는 시기도 있었고 수술을 해야 했던 시기도 있었다. 그럴 때마다 나쁜 결과가 생길까 봐 걱정할 법도 한데 그때마다 놀랄 만큼 무심했다. 한 번은 항암제 내성이 생겨서 수술을 하게 됐을 때 그에게 괜찮은지 물었다. 그때 그는 이렇게 말했다.

"나빠지면 할 수 없죠, 뭐. 그래도 저는 이 정도면 괜찮게 살았어요. 나쁜 짓 안 하고 욕먹을 짓 안 하고 남 해코지한 적 없고, 애들도 잘 키웠고. 아쉬운 것도 있지만 그래도 이 정도면 잘살았다 싶어요. 내일 죽어도 여한이 없어요. 치료는 할 수 있는 만큼 열심히 잘 받으면 되고 즐겁게 살다가 때 되면 가면 돼요."

대부분의 사람들이 긍정을 늘 조건으로 삼는다. 좋은 직장을 구하려면 긍정적으로 생각해라, 부자가 되려면 긍정적이어야 한다, 라는 식이다. 물론 긍정적인 사고는 중요하다. 매사에 부정적인 태도를 보이는 것보다 밝고 긍정적으로 임하는 것이 살아가는 데 훨씬 도움이 된다. 암에 걸렸다고 해서 우울해하기만 하는 것보다야 밝게 지내는 것이 환자 자신에게도 훨씬 좋다. 암 진행 상황이 아무리 나쁘다고 하더라도 희망, 인내, 용기를 잃지 않게 되기 때문이고, 삶에 대해서도 긍정적인 태도를 가지게 되기 때문이다.

다만 결과에 대한 긍정성을 말하는 게 아니다. 과정과 태도에 대한 긍정이다. 어떤 어려움이 닥쳐도 내가 잘해낼 수 있다는 스스로에 대한 믿음이, 그 자체가 긍정이어야 한다. 이점을 오해하면 결과에 대한 기대가 과도하게 커져 크게 실망하는 경우가 많다. 혹은 좋은 결과를 보장해주면 내가 열심히 치료받겠다는 조건부 긍정이 되기도 한다.

　요구르트 아저씨를 볼 때마다 진정한 긍정은 결과물이 아니라 한 방울 한 방울 떨어지며 천천히 스며드는 과정임을 깨닫는다. 하루하루 살아나가는 태도 안에 있는 것임을 생각한다. 나는 지금도 나의 요구르트 아저씨에게서 진짜 긍정이 무엇인지를 배우고 있다.

말기 암 환자의 결혼

"선생님, 저 결혼해요."

그녀의 말에 잠시 멈칫했다. 누군가 결혼한다는 소식을 들으면 축하부터 하는 것이 인지상정인데 그러지 못했다. 서로 사랑하는 남녀가 만나서 부부로 연을 맺고 어떤 어려움이 있어도 평생을 함께하기로 약속한다는데 두 사람이 오래오래 행복하게 잘살기를 축복해주는 것이 당연한 도리다. 인생에서 이런 경사스러운 순간이 얼마나 더 있겠는가? 하지만 신부가 말기 암 환자라면, 난소암이 폐로 전이되어 항암치료 중이라면, 기대여명이 1년을 넘지 않을 것으로 예상되는 사람이라면 이런 경우에도 결혼을 마냥 축하해줄 수 있을까?

　나는 당혹스러웠다. '결혼하시는군요. 축하해요'라는 인사가 선뜻 내 입에서 나오지 않았다. 유난히 밝은 성격인 그녀가 아직도 생명 연장 목적이 아닌 완치 목적의 항암치료로 알고 있는 것은 아닐까? 항암치료 몇 번만 더 받으면 완치되는 것으로 알고 있는 것일까? 신랑 측에 자신의 몸 상태를 이야기는 한 걸까? 신랑 측 부모의 허락은 받은 것일까? 온갖 현실적인 문제들이 머릿속에 떠올랐다. 한참을 망설이다가 내가 서툴게 꺼낸 말은 고작 이것이었다.

　"혹시… 본인 몸 상태에 대해서 신랑 쪽도 다 알고 있나요?"

　"네, 물론이죠. 제가 암 환자이고 항암치료 하는 것도 다 알아요."

　"본인도 본인 몸 상태에 대해서 잘 알고 있죠? 완치 목적의 치료가 아닌 것도요."

　"그럼요."

　그녀는 특유의 해맑은 목소리로 웃으며 명랑하게 대답했다. 평소 낙천적인 성격인 것은 알고 있었지만 대답이 너무 쉬웠다. 듣고 있는 내가 난감할 정도였다. '그걸 알고도 결혼을 한다는 말인가요?'라는 말이 내 입에서 튀어나오지 않은 게 다행이었다.

　사실 젊은 암 환자들의 결혼과 관련해 안 좋은 기억이 너무 많았다. 결혼을 앞두고 암 진단을 받아서 파혼한 경우가 가장 많았는데 완치될 수 있는 암인데도 많은 경우가 그랬다. 신랑 될 사람이 결혼식 2주 전에 암 수술을 받고 그 사실을 숨긴 채 결혼을 강행했다가 신부 측 아버지에게 폭행당한 경우도 있었고, 남자가 항암치료 받고 있는 것을 안 신부 측 아버지가 병동에서 난리 친 경우도 있었다. 결혼하더라도 얼마 못 가 이혼한 경우도 많았다. 한때 암을 앓았던 병력이 있는 것만으로도 쉽게 파혼에 이르는 게 현실인데, 살날이 얼마 안 남은 말기 암 환자가 곧 결혼을 한다고 하니 이를 어쩐다….

암 투병을 하면서도 결혼생활을 잘 해나갈 수 있을까? 결혼생활은 본디 어렵다. 평생 지속될 것 같던 사랑이 미움으로 변하는 데는 불과 몇 년 걸리지 않는다. 연애 시절은 낭만적인 로맨스물일지 몰라도 결혼생활은 현실이자 냉혹하고 비정한 하드보일드에 가깝다. 사랑은 식어도 돈은 남는 것이라서 헤어질 때는 돈을 두고 다투게 되고 여기에 양가 사람들이 달려들어 서로를 물어뜯는다. 지리멸렬한 싸움이 끝나고 나면 사랑으로 시작한 결혼은 증오로 끝나곤 한다. 결혼에 대한 장밋빛 환상이 깨지는 데는 긴 시간이 필요하지 않다.

건강한 두 사람이 결혼해도 그런 경우가 비일비재한데 살날도 얼마 남지 않은 사람이 그 결혼을 하겠다는 게 괜찮은 일인 걸까? 담당 의사인 나는 머릿속이 복잡했지만 그녀는 정말 결혼을 했고 혼인신고까지 했다.

신랑은 서핑 강사였다. 그녀가 암 확진을 받은 뒤 만든 버킷리스트 중 하나가 서핑이었는데, 실제로 서핑을 배우다가 연인이 됐다고 했다. 잠깐 스치고 지날 인연이 아닌 모양이었다. 두 사람은 소나기처럼 찾아온 사랑을 피하는 대신 맞기로 결정했다. 바다를 좋아하고 서핑을 좋아하던 그녀의 소원대로 신혼집은 강릉 근처에 꾸렸다고 들었다.

결혼한 뒤로 그녀는 어머니 대신 남편과 함께 외래를 왔고 나는 그때 그 남편을 처음 보았다. 남편은 든든해 보였다. 그녀가 왜 결혼하고 싶어 했는지 조금은 알 것도 같았다. 바닷가에서 행복한 신혼을 보내고 있는 듯했다. 그러나 그 행복은 오래가지 못했다.

어느 날 그녀가 찾아와 머리가 많이 아프다고 했다. 불길했다. 뇌 MRI 검사 소견을 보고 내가 더 좌절했다. 올 게 왔구나. 뇌척수막 전이였다. 뇌척수막 전이는 항암치료도 듣지 않는 데다 방법이 없다. 뇌척수막으로 암세포가 밀고 올라가면 머리도 아프고 뇌압도 올라가면서 구토도 하고 때로는 의식이 흐려지기도 한다. 그리고 대개 두어 달을 넘기기 힘들다. 그녀가 행복한 시간을 보내는 사이에 암세포는 기어이 뇌척수막까지 기어올라가고 말았다.

남편이 그녀를 정성껏 보살폈지만 치료 결과는 좋지 않았고 하루하루 그녀의 컨디션은 나빠졌다. 더 이상 병원에 올 기력조차 없어져서 결국 강릉의 한 호스피스 병원으로 가게 되었다. 두 사람의 이야기는 끝내 '오래오래 행복하게 살았습니다'로 끝나지 못했다. 그러나 어쨌든 인생의 마지막 반년은 사랑하는 사람과 행복하게 불 태운 셈이 되었다. '오래오래'는 아니었지만 '죽을 때까지 행복하게 살았습니다'로 마침표를 찍었으니 그건 그것대로 아름다운 결말이 었다고 생각하기로 했다.

언젠가 누군가에게 두 사람의 이야기를 들려준 적이 있다. 이야 기를 다 듣고 난 상대는 끝이 예정되어 있기에 그렇게 사랑할 수 있 었던 것 아닌지 내게 물었다. 그러나 슬픈 결말을 알고 사랑을 시작 할 수 있는지 되묻자 그는 대답하지 못했다. 누구도 사랑할 때 아픈 결말을 염두에 두지 않는다. 검은 머리 파뿌리 될 때까지 사랑하며 살겠다는 약속은 의지의 표명이기도 하지만 아름다운 결말에 대한 희망을 안고 있기 때문에 가능하지 않은가? 그녀의 선택이 내게 많 은 것을 생각하게 했다.

한편으로 부끄러웠다. 그녀의 결혼 소식을 들었을 때 곧바로 축 하해주지 못했던 것이나 그녀의 선택을 두고 지극히 나의 잣대를 가지고 옳고 그름을 생각했던 것이. 분명한 것은 끝을 알면서도 둘 은 사랑을 했고, 결혼을 했고, 마지막까지 사랑으로 최선을 다했다 는 점이다.

우리는 사랑을 시작한 뒤에 마지막을 염두에 두지 않아서 사랑 할 때 최선을 다하지 못하는 걸까? 대부분 유한한 시간을 체감하지 못하기 때문에 최선을 다해 사랑하지 못하는 게 아닐까? '메멘토 모리(Memento Mori)'는 죽음을 기억하고 살라는 말이다. 어쩌면 사는 것뿐만 아니라 사랑할 때에도 그 말이 필요하지 않을까? 살면서 가끔씩 그 말을 기억한다면 그 두 사람처럼 남은 날들도 최선을 다해서 사랑할 수 있지 않을까.

내 목숨은 내 것이 아니다

26년 전 아버지는 지천명의 나이에 천명을 아셨는지 놀아가셨다. 병명은 폐암이었다. 투병 생활을 하시는 동안 입원, 치료, 수술, 요양, 재입원을 반복하시며 고통으로 얼룩진 생을 마쳤다. 지금은 폐암이라고 해도 항암치료 방법이 다양하지만 그때만 해도 약도 별로 없고 이렇다 할 치료법도 없었다. 결국 수술받으신 지 2년 만에 암이 재발하여 이렇다 할 변변한 치료도 못 받으신 채 허무하게 떠나셨다. 그 시절 아버지와 비슷한 연배의 환자들을 보면 때때로 아버지가 투병하시던 때가 기억나곤 하는데, 지금까지도 잊히지 않는 유별난 기억이 한 조각 있다.

내가 고등학교 1학년이었고 아버지가 수술받으신 후 암이 재발하여 병원을 오가시던 무렵이었다. 아버지의 고교 동창이었던 담당 의사는 아버지에게 의사로서 더 해줄 것이 없으니 집에서 맛있는 것이나 먹고 요양이나 잘하라고 했던 것으로 기억한다. 그런데 그 즈음 어머니가 집으로 웬 이상한 아주머니를 불러들였다. 그 아주머니는 텔레비전에서 보던 무속인처럼 색동 한복 차림에 진한 눈썹 문신을 하고 있었다. 알록달록한 옷차림과 짙은 눈썹이 내 호기심을 자극했다. 아버지가 누워 계신 안방으로 향하는 두 사람을 뒤따라가서 방문을 살짝 열고 안쪽을 엿보았다.

　아주머니는 누워 계신 아버지 곁에 앉아 아버지를 진맥하기 시작했다. 마치 신성한 의식을 치르듯 심각한 표정으로 한참 맥을 짚고는 폐에 암도 없는데 멀쩡한 폐를 괜히 떼어냈다며 그 자리에 없는 의사들에게 욕을 퍼부었다. 한차례 욕설 뒤에 다시 맥을 짚더니 지금은 간과 콩팥이 더 문제라서 간을 보호하는 뜸을 놓아야 한다고 엄포를 놓았다. 어머니 아버지 두 분 다 멀쩡히 대학까지 나온, 배울 만큼 배웠다는 분들인데 고등학생인 내가 보기에도 얼토당토않은 말에 두 분은 일언반구 말씀이 없었다. 아버지는 말없이 당신의 몸을 그 아주머니에게 내맡기셨고, 아주머니는 곧 아버지 배 위에 뜸 봉을 올려놓고 불을 피우기 시작했다. 몇 분이 채 지나지 않아서 집 안에는 쑥 냄새가 진동했다.

그때였다. 안방 문을 빼꼼히 열고 구경하던 나와 아버지의 눈이 마주쳤다. 아버지는 배를 드러내고 누운 채 나를 향해 씽긋 웃으며 손가락으로 승리의 V자를 만들어 보이셨다. 순간 나도 모르게 웃음이 새어 나왔다. 이상한 차림의 아주머니와 희게 드러난 아버지의 배, 그 위에서 소리 없이 타 들어가는 뜸과 진동하는 쑥 냄새…. 그 광경은 몹시도 낯설고 기묘한 것이었는데 아버지의 미소와 승리의 V가 나를 번쩍 정신 차리게 했다. 그 순간의 웃음은 일종의 안도감 같은 게 아니었을까? 그러나 피식 웃음소리에 내 쪽을 돌아본 아주머니와 눈이 마주쳤고, 무서워진 나는 얼른 안방 문을 닫고 내 방으로 도망쳤다.

그 시기에 아버지는 몹시 고통스러운 날들을 보내셨다. 자식들 앞에서 약한 모습 보이기 싫다며 폐암이라는 병명조차 숨겼던 분이, 어떤 일이 있어도 힘든 내색 한 번 안 하던 양반이, 그 강하고 가부장적인 분이 마지막에는 너무 아파서 무척 힘겨워하시던 모습이 지금도 생생하다. 그때 까까머리 고등학생이었던 나를 앉혀 놓고 너무 아프다며 눈물을 흘리시기도 했다. 그 당시는 환자가 아파서 절절 매는 것을 당연하게 여기던 시절이었다. 암 환자라고 해서 다를 게 없고, 진통제를 충분히 쓰지 않는 것이 의료계의 관행이기도 했다. 아버지는 결국 그 고통을 온전히 홀로 감내해야만 했다.

그러나 그때의 아버지를 떠올리면 암으로 고통스러워하시던 모습보다 그날 배 위에 뜸 봉을 올려둔 채 웃으시며 손가락으로 V자를 만드시던 모습이 더 생생하다. 사실 그 아주머니의 치료는 아무런 의미도 효과도 없었지만 단 한 가지 사실만은 분명하게 보여주었다. 그만큼 아버지가 정말 열심히 투병 생활을 했고 암과 열심히 싸웠다는 것.

아버지 같은 암 환자들을 만나는 의사가 된 지금, 그때의 아버지를 기억하면 안타깝고 가슴이 아리다. 통증으로 인한 고통이 얼마나 힘겨운 것인지, 죽음을 앞에 둔 마음이 어떨지 이제 조금은 더 알고 있기 때문이다. 또한 그 와중에도 아들에게 웃으며 V자를 그려 보이시던 마음이 짐작되어 먹먹해지기도 한다. 한편으로는 죽도록 힘이 들고 주저앉고 싶을 때 아버지의 그때 그 모습을 떠올리면 마음속에서 이상하게도 알 수 없는 힘이 솟는다. 아버지는 알고 계셨을까? 그 순간의 그 미소가, 그 손짓이 아들이 살아가는 내내 힘이 되어주리라는 것을.

저마다 다른 표정과 다른 말들로 남은 날들을 채워가는 사람들 속에서 나는 종종 그날의 아버지가 떠오르곤 한다. 그럴 때면 문득 내 목숨은 내 것만이 아니라는 생각이 든다. 암과 맞서 싸우는 오늘의 내 모습이 내일의 가족들에게는 살아가는 힘이 될 수도 있다. 지금 당장은 이해할 수 없어도 언젠가는 오늘의 나를 가족들이 이해해줄 날이 반드시 온다. 내가 이만큼의 시간이 흘러서야 그때의 아버지를 좀 더 이해할 수 있듯이. 우리는 시공간을 초월하여 서로 연결되어 있구나 싶다. 비록 인간의 생이란 유한하기에 언젠가는 세상을 떠날 수밖에 없지만 이 사실을 기억한다면 우리는 주어진 남은 날들을 조금 다르게 보낼 수 있지 않을까? 나는 종종 이 질문이 암이라는 병이 우리에게 주는 숙제일지도 모른다는 생각을 해본다.

3부.

의사라는 업

#

··· 무한히 지속될 것 같았던 생이 유한하고 소중한 시간이 얼마 남지 않았다는 사실을
알게 될 때 삶을 바라보는 관점과 가치관은 분명히 변한다. 암 환자의 경우 하루하루를
일상의 반복으로만 보내지 않고 누구보다 더 의미 있는 매일을 보낼 수 있다는 말이다.
암 병원에서 무수히 많은 환자들을 지켜보며 나는 분명히 그 같은 변화를, 실례를 보아왔
다. 그렇기 때문에 환자들과 보호자들이 때로는 충격을 받을 것도 마음 아파할 것도 알고
있지만, 내게 돌아올 원망도 예상하지만, 그럼에도 불구하고 가능한 한 있는 그대로의 사
실을 전하려고 한다. 그것이 환자에게도 의사인 나에게도 분명히 조금 더 나은 길일 것이
라고 믿는다.

별과 별 사이

– 600대1의관계

그는 별을 헤아리는 사람이었다. 천문학자인 자신의 일은 별을 보는 것이지만 별 볼 일 없는 직업이라고 했다. 별의 개수를 세고 새로운 별을 찾아내고 별의 거리를 측정하는 것이 그의 주된 일이었다. 이외에도 여러 가지 일을 한다고 알려줬는데 과학 상식이 짧은 내가 다 이해하기는 어려웠다. 어느 날 그가 물었다.

"선생님, 오후에는 외래를 몇 시까지 봅니까?"

"저녁까지 보죠. 일곱 시에 끝나면 빨리 끝나는 편이에요. 그런데 그건 왜 물어보세요?"

"제가 기다려보니 한 시간 동안 선생님 외래에 들어오는 환자가

10명 정도 되더라고요. 홈페이지상으로는 외래가 월·수·금이던데, 지난번 오전 외래는 두어 시까지 보시는 것 같고, 오후 외래를 그 시간까지 보시면… 일주일에 외래 보는 시간이 20시간 정도라고 할 때… 일주일에 200명을 보시는 게 되더라고요. 이분들이 대략 3주 간격으로 온다고 하면 대략 선생님이 보시는 전체 환자 숫자가 한 달에 600명 정도 되나요?"

별을 세는 일이 직업인 사람답게 환자의 수도 잘 셌다. 실제 외래에 오는 환자 수는 600명보다 더 되긴 했지만 그 정도면 그의 계산법은 꽤 정확한 편이었다. 그가 또 물었다.

"600명 환자를 다 기억할 수는 있으세요?"

예상하지 못했던 질문이 계속되었다. 뭔가 허를 찔린 것 같았다. 적당히 얼버무리고 넘어가는 것이 상책이다 싶었다. 나는 웃으며 농담처럼 되물었다.

"그러면 선생님은 별 이름을 다 기억하세요?"

이렇게 물으면 그도 웃어넘기고 지나갈 줄 알았는데 웬걸, 그가 정말 하고 싶었던 이야기를 꺼냈다.

"저는 그 600명 중 한 명인 거네요."

나는 긍정도 부정도 하지 못했다.

"선생님에게는 제가 600명 중 한 명일지 몰라도 저에게는 선생님 한 분뿐이거든요."

그가 정말 하고 싶었던 이야기는 이것이었다. 그는 자신이 상대에게 어느 정도의 비율로 존재하는지 추정하기 위해 한 시간 동안 환자의 수를 세고는 내게는 너 하나뿐인데, 라는 고백 같은 말을 던졌다. 갑자기 의사 가운을 벗어던지고 쥐구멍에라도 숨고 싶은 기분이었다.

나는 그다지 대단한 사람도 아니고 고매한 희생정신과 투철한 직업의식으로 '의사'의 일을 하고 있는 게 아니다. 그저 밥벌이로 이 업을 택한 평범한 직업인일 뿐이다. 그러니까 누군가에게, 심지어 600명에게 '단 한 사람'의 존재가 될 수 있는 그런 과분한 사람이 아니라는 말이다.

그러나 '600명 중 한 명'이라는 말이 내 머리에 깊이 박혔다. '600명 중 한 명'과 '단 한 사람', 이것이 그가 느낀 의사와 환자 사이의 간극일 것이다. 생사를 다투는 암이라는 절박한 병 앞에서 그는 의지할 곳을 찾아야 했고, 그에게 나는 흰 가운을 입었다는 이유만으로 절대적인 존재가 되었다. 그가 느끼기에 나는 600명의 신도를 둔 교주와 같았는지도 모른다. 그는 이날 나에게 '600대 1이라는 불균형'과 '600대 1이라는 거리'를 일깨워주었다.

모든 관계에는 거리와 선이라는 것이 있다. 사람들은 관계를 맺으며 서로 적절한 선, 편안한 거리를 찾는다. 그 적정 수준은 두 사람의 관계의 깊이에 의해 결정되고, 관계의 깊이는 다시 여러 요인에 의해 좌우된다. 만남의 빈도, 감정적 교류, 공동의 목표의식, 서로 간의 이해관계, 두 사람의 친밀도, 성향, 심리적 거리, 그리고 물리적 거리 등. 그런데 이때 나와 상대방이 생각하는 적절한 거리는 다를 수 있다.

환자와 의사 사이에도 적절한 거리라는 게 있다. 대개 의사가 생각하는 거리는 환자가 생각하는 것보다 멀다. 600배만큼은 아니어도 분명히 그렇다. 실제로 의사는 정해진 시간 안에 많은 환자를 볼 수밖에 없다. 드라마 속 의사처럼 모든 환자에게 감정 이입을 하거나 상황을 파악하고 헤아려가며 진료하는 것은 판타지에 가깝다. 주어진 시간 안에 정해진 수의 환자를 보려면 어느 정도는 기계적, 습관적으로 진료하게 되고 결국 각 환자의 모든 상황을 신경 쓰지 못할 때가 많다. 그것은 어김없이 환자들에게 서운함으로 돌아간다. 이 의사가 나 한 명만 봐줄 수 없다는 것을 머리로는 이해하지만 심적으로 느끼는 서운함은 어쩔 수 없고, 결국 600대 1이라는 숫자를 헤아려보게 되는 것이다.

그럼에도 불구하고 사람들은 나를 따뜻하게 대해주는 가족 같은 의사를 바란다. 그래서일까? 병원 홈페이지에는 대개 '모든 환자를 가족같이 대한다'라는 식의 슬로건이 걸리고 의사들도 그런 류의 자기소개 문구를 적어두기도 한다. 하지만 실제 내가 현장에서 마주하는 현실은 '가족 같은 의사'라는 건 불가능하다는 것이다. 나는 다른 의사들이 환자를 어떻게 대하는지 여러 경로로 알게 되는데, 가족을 환자 대하듯이 하지 않고 당연히 환자를 가족처럼 대하지도 않는다. 간단히 말해 이상과 현실이 다르다는 말이다.

나는 환자를 잘 보는 편도 아니고 거창한 진료 철학을 가지고 있지도 않다. 병원 홈페이지 의료진 소개에 쓸 문구를 아직도 찾지 못했다. '환자를 이해해주는' '환자들이 쉽게 다가갈 수 있는' 같은 말은 낯간지러워 쓰지 못한다. 내가 그런 사람도, 그렇게 할 수 있는 사람도 아니라는 건 스스로 충분히 알고 있다. 내가 정직하게 쓸 수 있는 말은 고작 '성실하게 출퇴근하면서 큰 실수 하지 않고, 환자에게 나쁜 짓 하지 않으며 부끄럽지 않게 살아가고 싶은' 정도일 것이다. 좀 더 솔직히 말하면 정해진 짧은 진료 시간 동안 환자의 질문에 답을 다 해줄 수 없고, 말하는 스타일이 직설적인 편이니 너무 많은 것을 기대하지 말아달라고 쓰고 싶지만 그렇게 하면 병원에서 싫어할 것 같아서 아예 진료 철학 같은 건 써놓지 않았다. 어쨌든 적어도 모든 환자를 가족같이 대하겠다는 거짓말은 쓰지 않았으니 다행이라고 생각한다.

환자를 가족처럼 대하는 의사는 현실에 존재할 수 없다. 이유는 간단하다. 환자는 실제로 의사의 가족이 아니기 때문이다. 처음부터 그 사실을 깨달은 어떤 사람들은 의사 사위를 보든 며느리를 보든 의사를 진짜 가족으로 만들려고 하고, 또 어떤 사람들은 실제로 좋은 게 좋은 거라고 비싼 값에 그 가족이 되기도 한다. 그러나 다시 말하지만 도처에 넘쳐나는 '가족 같은 의사'라는 말은 그저 판타지일 뿐 현실에서 그런 기대는 접는 게 낫다.

무엇보다 의사가 자신의 환자 전부를 가족처럼 여기면 그 의사도 버티지 못한다. 가족 한 명만 아프거나 생을 마감해도 남은 가족들은 무척 힘든 시간을 보내는데 만약 누군가가 가족이 600명이고, 그 모두가 아프거나 그 모두를 떠나보내야 한다면 어떻겠는가? 그 사람은 필시 미쳐버리지 않을까? 모든 환자에게 부모에게 하듯이, 자식에게 하듯이 정신과 마음을 다 쏟아버리면 의사는 온전히 버틸 수 없다. 그래서 의사들은 스스로를 지키기 위해서라도 의식적으로 환자와 적절한 거리를 찾는다. 그것이 사람들이 바라는 가족 같은 의사가 현실에 존재할 수 없는 또 하나의 이유다.

결국 사람들 사이에는 각자 그 나름의 말 못 할 사정이 있고, 그 사정들로 인해 사람들 사이의 거리는 적정한 수준으로 형성된다. 만족스럽든 만족스럽지 않든 내가 생각하는 적절한 거리와 상대방이 생각하는 그것은 늘 같지 않다. 어쨌든 "선생님에게는 제가 600명 중 한 명일지 몰라도 저에게는 선생님 한 명이거든요"라는 그의 말에 깊이 생각하지 않았던 인간관계에서의 거리, 환자와 의사 사이의 거리에 대해서 새삼 다시 생각해보게 되었다.

별을 헤아리는 일을 하던 그는 2019년 4월에 밤하늘의 별이 되었다. 밤하늘의 별을 볼 때마다 이제야 그와 600대 1이라는 관계에서 일대일의 관계가 된 것처럼 느낀다. 멀어 보여도 멀지 않은 것처럼.

누군가를 이해한다는 것

"선생님, 지난번에 제가 맞은 항암제가 혹시 VP-16이라는 약입니까?"

환자의 입에서 흘러나온 VP-16이라는 말에 깜짝 놀랐다. VP-16은 '에토포사이드(Etoposide)'라는 항암제의 옛 이름이다. 에토포사이드는 30여 년 전에 국내에 처음 도입된, 그 당시만 해도 대단한 최신 항암제였다. 이 약이 처음 들어왔던 순간을 기억하는 육십대 의사들은 VP-16이라는 예전 이름을 많이 썼다. 지금은 그 누구도 구시대적 독한 항암제의 대명사가 되어 있는 에토포사이드를 VP-16이라고 부르지 않는다. 요즘 의사들에게 그 이름은 '창경원'

'중앙청' 같은 역사 속 이름에 가까울 것이다. 심지어 VP-16이 뭔지 모르는 젊은 의사도 많다. 그런데 항암치료를 받는 환자가 그 이름을 언급한 것이 놀라웠다.

"네, 맞아요. 지난번에 맞은 항암제가 VP-16맞구요, 에토포사이드라는 약이에요. 그런데 요즘은 VP-16라고 부르는 사람이 없는데 그 말을 어떻게 아세요?"

"예전에 30년쯤 전에 제 어린 아들이 급성백혈병으로 세상을 먼저 떠났습니다. 백혈병이 재발돼서 항암치료를 할 때 아들이 맞았던 항암제가 VP-16이었어요. 그때 그걸 맞으면서 아들 녀석이 너무 힘들어했기 때문에… VP-16은 아직도 기억에 생생하게 남아 있네요. 그런데 저도 그 약을 맞게 됐네요…. 주사 맞다가 한참을 울었습니다."

그의 어린 아들은 나은 줄 알았던 백혈병이 재발하며 속수무책으로 상태가 나빠졌다고 했다. 다른 치료법이 없어서 의사는 당시 최신 항암제였던 VP-16을 권했다. 마지막 희망이었다. 그러나 아들은 VP-16을 몹시 힘들어했는데 그건 당연한 일이었다. 세포독성 항암제는 어른도 견디기 쉽지 않은 약이니 열 살이 채 되지 않은 아이에게는 그야말로 독하디 독한 약이었다. 제대로 된 구토방지제도 항암제 부작용 예방약도 없던 시절이었다.

아이는 주사 맞기 싫다며 떼를 부렸다. 아이는 싫다고 버티고 아버지는 주사를 맞아야 산다고 다그치는 실랑이가 몇 날 며칠씩 이어졌다. 끝내 울면서 주사를 맞고 토악질을 반복하며 무기력해지는 아이를 보면서 아버지의 마음도 미어졌지만 아들을 살리려면 어쩔 수 없었다. 아들은 힘든 치료를 강요하는 아버지를 원망했고 아버지는 아들을 살리려면 그 방법뿐이라고 믿었다. 그러나 안타깝게도 VP-16은 효과가 거의 없었고 아들은 결국 눈을 감았다. 그 후 30여년의 시간이 흐른 뒤, 아버지는 소세포폐암을 진단받고 오래전 아들이 맞았던 그 VP-16을 맞게 된 것이다.

그는 항암치료가 힘들었다고 했다. 본인이 직접 VP-16을 맞아보니 과거에 어린 아들이 왜 그토록 항암제를 맞기 싫어했는지 비로소 이해하게 되었다고, 어차피 듣지도 않았을 약인데 왜 그리 모질게도 치료를 강행했는지 후회도 된다고 말했다.

세상에는 직접 겪어봐야만 이해할 수 있는 일이 있다. 본과생 시절, 수업 중 어느 내과 교수님은 본인이 환자에게 처방하는 약은 직접 다 먹어본다는 이야기를 하신 적이 있다. 약을 처방할 때는 실제 약의 작용 방식, 효능, 부작용 등에 대해서 잘 알아야 하고 그러기 위해 열심히 공부도 해야 하지만 책으로 백 번 공부하는 것보다 직접 한 번 먹어보는 것이 더 낫다는 말씀이었다.

변비약이나 감기약, 위장약, 기침약, 항생제 등은 내가 늘 처방하는 약이지만 막상 직접 먹어보면 느낌이 참 다르다. 변비약을 먹었을 때에는 배가 부글거리는 느낌이 들고 해열제를 먹으면 땀이 살짝 나면서 열이 떨어진다. 철분약을 먹으면 대변이 검다는 것은 책으로 배워서 알고 있으나, 막상 내 변이 검을 때 어떤 기분이 드는지는 직접 약을 먹어보기 전에는 알 수 없는 일이다. 교과서나 처방전에 적힌 활자화된 설명은 뇌 속에 저장되지만 경험해서 얻는 지식은 몸에 저장된다. 이런 것들을 직접 겪어보면 환자들의 이야기가 비로소 제대로 이해된다.

그러나 암과 관련한 모든 것들은 내가 직접 몸으로 겪어볼 수 없는 것뿐이다. 한 환자에게 지금까지 쓰던 항암제 대신 다른 항암제로 바꿔보자고 제안한 적이 있었다. 새로운 항암제는 기존의 것보다 순한 편이어서 덜 힘들 것이라는 설명을 덧붙였다. 그 환자는 내 이야기를 가만히 다 듣고 나서 내게 되물었다.

"그걸 어떻게 아세요? 선생님은 항암주사 맞아본 적 없잖아요."

그의 말이 틀리지 않았다. 나는 항암주사를 맞아본 적이 없었으므로 새로운 항암제가 이전 것보다 얼마나 순한지, 정말 힘들지 않은지 알 수 없었다. 물론 그 환자가 그걸 몰라서 물은 질문은 아니었다. 힘든 항암치료를 경험해봤을 리 없는 의사가 너무 쉽게 말하는 것이 못마땅했을 것이다.

나는 암 환자를 보는 종양내과 의사이지만 암에 걸려보지 않았나. 항암치료로 인한 고통이나 극심한 통증 외에 암으로 인해 찾아올 일신의 변화나 주변 상황의 변화, 감정의 고저를, 그 무수한 마음의 갈래를 나로서는 100퍼센트 정확히 이해하고 알 방법은 없다. 암 환자가 되면 어떤 심정이 되는지 역시 보고 들은 바로, 간접경험으로 짐작할 뿐이다.

항암치료나 진통제 처방에 대한 부분도 다르지 않다. 항암주사를 놓는 사람이기는 해도 내가 항암주사를 맞아본 적은 없다. 당연히 항암제를 맞으면 어떤 느낌이고 어떤 부작용이 생기는지 직접 경험해볼 수 없다. 암성통증이 심한 환자들은 마약성 진통제를 피할 수 없고, 나는 환자들에게 아프면 참지 말고 진통제를 아끼지 말고 먹으라고 처방하지만 정작 나는 암성통증을 겪어보지 않았고 마약성 진통제를 먹어보지도 않았다. 그렇다고 내가 환자들의 고통을 겪어보겠다며 마약성 진통제를 내 몸에 투여하면 나는 곧장 마약류관리법 위반으로 잡혀갈 것이다. 결국 내가 인지하는 항암제 부작용이나 암성통증, 마약성 진통제 후유증 같은 것들도 환자들의 말과 책으로 얻어진 간접경험에 지나지 않는다. 그럼에도 불구하고 환자를 치료해야 하기에 암을 겪어본 적도 독한 항암제를 맞아본 적도 없는 의사가 환자에게 독한 항암주사와 마약성 진통제를 처방한다. 그것은 나뿐만이 아니라 모든 종양내과 의사들이 비슷한 처지일 것이다.

환자와 의사를 떠나 서로 다른 누군가를 온전히 이해한다는 것 자체가 본디 불가능한 일이다. 어디까지나 '나의 경험을 바탕으로 너의 상황을 짐작해보건대 너는 아마도 이럴 것이라고 짐작한다'는 선에 지나지 않는다. 본질적으로 우리는 다른 사람들이고, 완벽히 같은 상황과 처지에서의 똑같은 경험을 한다는 것은 불가능하기에.

아무것도 모르던 햇병아리 의사 시절에는 내가 환자를 이해한다고 생각했다. 그러나 갈수록 그것이 순전히 내 착각이었음을 알게 되는 일이 많았다. 그런 착각은 상대를 이해했으니 더는 이해하려 애쓰지 않아도 된다는, 더는 상대의 이야기를 듣지 않아도 다 안다는 오만으로 이어지기 쉬웠다. 환자 이야기를 다 들어줄 만큼 충분한 진료 시간을 갖고 있지도 못한 상황에서 귀를 충분히 열지조차 않은 내가 환자를 다 이해했다는 착각에 빠지니 결과는 뻔했다. 이해하기는커녕 겉돌기만 했다. 그나마 겉돈다는 것을 알아차렸다면 다행이지만 겉돈다는 것조차 모른 채 이해했다 치고 넘어가는 순간이 더 많았을 것이다.

이제야, 어느 정도 살아보니 세상에는 정말 겪어봐야만 이해할 수 있는 일이 있음을 안다. 이제는 진료하면서 환자에게 '당신을 이해한다'는 말을 차마 하지 못한다. 세상에는 겪어보지 않고는 이해한다고 말할 수 없는 일이 있다는 것을, 나는 눈앞의 환자와 같은 경험을 해보지 않았다는 것을, 그러므로 완벽히 그를 이해할 수 없다는 것을 이제는 너무도 잘 알기 때문이다. 섣부른 공허한 말보다 그저 고개를 끄덕이며 환자의 이야기를 가만히 들어주는 것이 더 낫다. 그러면 적어도 오만해지는 것은 피할 수 있다. 그러므로 지금은 환자를 이해한다고 말하는 대신 이해하려고 노력한다는 쪽에 무게 추를 기울인다.

눈을 마주치지 않는 사람들

의사인 나도 병원에 진료받으러 갈 일이 생기곤 한다. 바쁜 병원 일과 중에 진료를 받아야 하니 대개 우리 병원을 이용한다. 그날도 ○○과 진료를 받을 일이 생겨 그 과 외래를 찾아갔다.

그날의 외래 담당 교수님은 '양방'을 뛰고 있었다. '양방'은 우리 나라에만 있는 외래 시스템인데 말 그대로 외래 진료실 두 개를 양 쪽으로 열어 놓는 것을 말한다. 교수가 한쪽 방에서 환자를 진료하는 동안 다음 환자는 미리 다른 쪽 방에 들어와 대기하고, 각 방에 는 교수의 진료를 돕는 전공의가 있어서 환자에 대해 미리 파악하고 환자 기록을 정리해둔다. 그렇게 전공의와 환자둘이 저쪽 방에 있는 교수가 넘어오기를 기다리는 것이다.

내 순서가 되어 한쪽 외래 진료실 문을 열고 들어갔다. 안쪽에 앉아 있는 전공의가 낯이 익었다. 내 제자이기도 한 D였다.

D는 졸업 후 군대에 가면서 소식이 끊겼는데 전역하고 돌아와 ○○과 레지던트가 된 모양이었다. 들어가기 어렵다는 과에 들어간 것을 보니 열심히 공부했구나 하고 짐작했다. 이제는 학생 티를 벗어 제법 의사 티도 나고 무척 대견하고 반가웠다. 내가 가르친 학생이 의사가 되었다는 사실도, 내가 환자가 되어 의사인 제자를 만난다는 사실도 감개무량이었고 뿌듯하기도 했다.

그러나 기쁨도 잠시, 내가 외래 진료실에 들어섰을 때 D는 내 쪽으로 눈길조차 주지 않았다. 스마트폰 화면만 보고 있었는데 얼핏 보니 포털 사이트인 것 같았다. 한참을 그렇게 폰 화면만 들여다보던 그의 시선은 이윽고 모니터로 향했다. 그는 여전히 나는 보지 않은 채 모니터 속 전자 의무기록에서 내 진료 기록을 확인했고, 시선을 돌리지 않은 채 내게 말을 걸었다.

"다른 아픈 데는 없으셨나요?"

"네, 특별히 불편하진 않고 별문제는 없었습니다."

몇 가지 간단한 대화가 오갔지만 상황은 달라지지 않았다. 의무기록에 있는 내 이름을 분명히 봤을 텐데 그저 동명이인이라고 생각한 걸까? 참고로 우리 병원은 얼마 전부터 개인정보 보호 문제로 환자의 이름을 부르지 않고 당일 접수 번호로 호명을 한다. 진료실 안내전광판에 'A3806번' 이런 식으로 뜨는 것이다. 그러니까 그 날 나는 '김범석'이 아니라 A3806번 환자였다. 모니터 화면을 보며 A3806번 환자에게 몇 가지 질문을 던지던 그는 오늘의 검사 기록을 '복붙(복사, 붙여넣기)' 하더니 다시 스마트폰을 쳐다보기 시작했다.

옆방 환자의 상태가 심각했는지 진료가 많이 지연되고 있었다. 교수님이 오지 않으셔서 어색한 침묵만 계속 흘렀다. 나는 그의 옆모습만 쳐다보며 먼저 인사를 할까 말까 고민했지만 이미 타이밍을 놓친 것 같기도 했다.

'D 선생! 제발 나를 좀 봐. 아는 척 좀 해달라고. 그러면 내가 반갑게 인사를 할 텐데!'

짝사랑하는 여학생을 눈으로 좇으며 자신을 알아봐주기를 바라며 끙끙대는 남학생처럼 속으로만 이쪽 좀 봐달라고 애타게 부르짖었다. 그러나 그는 끝내 내게 눈길을 주지 않았고, 그렇게 5분 가까이 지났을 때 나는 불편해지기 시작했다. 혹시 내가 사람을 잘못 봤나, 그에게 일란성 쌍둥이 동생이 있었나 여러 가지 가능성을 짚으며 그의 명찰을 확인했지만 거기에는 분명히 'ㅇㅇ과 전공의 D'라고 되어 있었다.

조금 있으면 교수님 들어오시고 본격적인 진료가 시작될 테고,

중환자가 아닌 나는 진료라고 해봐야 2~3분이면 끝날 텐데 그 전에 꼭 인사라도 하고 싶었다. 오랜만에 만난 제자와 둘만의 시간을 가지며 재회의 기쁨을 나누고 싶었는데 교수님이 들어오시면 둘이 아닌 셋이 되지 않겠는가? 참지 못한 내가 입을 열었다.

"내가 아는 D 선생 아닌가?"

그가 화들짝 놀라며 나자빠졌다. 허공 속에서 모르는 환자가 갑자기 자기 이름을 부르니 무척 놀란 모양이었다. 너무 놀란 그 때문에 내가 더 놀랄 정도였다. 괜찮은 것인지 물어보자 그제야 여기에는 어쩐 일이시냐, 그간 잘 지내셨냐, 몸은 괜찮으시냐, 아픈 데는 없으시냐 하며 이것저것 묻기 시작했다. 하지만 이미 내 마음은 상해버린 뒤였다.

차라리 의사 가운을 입고 갔으면 좀 나았을까? 그랬더라면 적어도 한 번쯤은 나를 쳐다보았을 것이다. 그러나 그날 나는 점퍼 차림이었다. 아니다. 처음 보자마자 내가 먼저 인사하고 나를 밝혔어야 했는데 그가 먼저 나를 쳐다봐주기를 바라기만 한 내 잘못이었다. 하지만 나도 환자가 되어 진료를 받아야 할 때는 의사에게 말 걸기가 편치 않았다. 의사 앞에서는 괜히 주눅이 들고 혹여 듣기 싫은 말을 듣거나 아픈 주사를 맞으라고 할까 봐 무섭기도 하다. 어쨌든 그날의 일은 내게 두 가지 괴로움을 남겼다.

하나는 내 교육이 아무짝에도 쓸모가 없었다는 점이었다. 그 전공의는 본과 4학년 때 나름대로 호스피스 완화 의료에 대해 배우고 싶다고 나를 찾아와 6주라는 시간을 함께 보냈다. 그 기간 동안 나는 교수로서 선택교과 시간에 환자들과 어떻게 대화하고 소통해야 하는지 책으로 배우기 힘든 현장 실습 교육을 열심히 했다. 그런데 5년의 시간이 지난 후 그는 환자가 외래 진료실에 들어와도 눈길 한 번 주지 않는 의사가 되어 있었다. 애썼던 6주의 시간이 물거품처럼 사라져버린 것이다.

물론 그날만 예외였을지도 모른다. 평소에는 그렇지 않은데 그날따라 하필이면 그 시간에 피곤도 몰려오고, 점심때가 다 되어가니 배도 고프고, 포털 사이트에 중요한 실시간 검색어도 뜨고, 내가 모르는 여러 속사정이 있었을 수도 있다. 모든 환자에게 다 그런 것은 아닐 거라고 믿고 싶었다. 그날, 하필이면, A3806 환자에게 그랬던 것뿐이라고. 그러나 어디까지나 내 바람일 뿐 마주한 것이 현실이었고 교수로서 내 성적표는 낙제점이었다. 그 사실이 나를 괴롭게 했다.

또 한 가지 나를 괴롭게 한 것은 나 자신이었다. 나 역시 환자들이 진료실에 들어오면 심각한 얼굴로 모니터 화면만 쳐다봤던 것은 아닌가 되돌아보았다. 지난 몇 년의 세월이 부끄러웠다. 환자들 역시 모니터 속 의료 기록만 뚫어져라 보던 내 옆모습만 보고 있던 게 아니었을까? 내 환자들에게 미안해졌다. 내가 상처를 받았듯이 그들도 마찬가지였을 것이다. 제자는 스승을 닮는다. 내가 그랬기 때문에 그 전공의도 그렇게 배웠다는 결론에 이르렀다. 그 전공의를 비난할 것이 아니라 내가 반성해야 하는 것이 옳았다.

그런데 이 일이 있은 후 며칠 뒤 수업에서 나의 부족함이나 전공의의 무심함 같은 차원의 문제가 아니라 한 개인이 어찌할 수 없는 '변화'를 목격했다. 그 수업은 학생들에게 몇 가지 의학적 상황을 주고 어떻게 하는 것이 좋을지 조별로 토론하는 수업이었다. 다른 조들은 활발히 토론을 하는데, 유독 한 조는 서로 아무 말도 하지 않았다. 그런 조의 학생들은 토론의 문맥을 파악하지 못할 때가 있어서 지도하는 교수가 반드시 살펴야 한다. 나는 그 조 학생들에게 다가가 물었다.

"주제가 좀 어렵진 않나요?"

"아니요. 어렵진 않아요."

"그런데, 이 조는 왜 토론 안 해요?"

"저희는 단톡방으로 하는데요."

그러고 보니 여덟 명의 학생 손에는 모두 스마트폰이 들려 있고, 폰 액정에는 메신저 채팅창이 떠 있었다. 그러니까 여덟 명이 두 줄로 나란히 마주보고 앉아서 메신저로 토론을 하고 있던 것이다. 순간 말문이 막혔다. 서로 멀리 떨어져 있는 것도 아니고 한 공간, 한 자리에 얼굴을 보고 마주 앉아 말없이 스마트폰 메신저 상으로 자판을 눌러대던 광경은 나로서는 심히 충격적이었다. 교수가 함께 있는 수업인데도 문제가 될 거라는 인식 자체가 없기에 가능한 일이었다. 눈앞의 동료들과 대화하지 않고 문자로 토론하던 이들이 환자를 앞에 두고 어떤 의사가 될지 생각하니 두려웠다.

시대가 바뀌고 세상이 바뀌고 있다. 앞으로 더 빠르게 바뀔 것이다. 내가 아무리 반성한들, 좀 더 교육에 매진하겠다고 한들 이런 시대에서 자란 학생들은 의사가 되어도 외래에서 휴대폰 메신저로 진료 보는 일을 이상하게 여기지 않을 것이다. 그러나 이들이 만나게 되는 환자들의 대다수는 이들보다 30~40살 많은 사람들일 테고, 그 환자들은 스마트폰 메신저보다 면대면 대화가 익숙한 사람들이다. 그런 환자들에게 메신저로 대화를 청할 수는 없지 않을까?

나는 교육에 무슨 대단한 사명감이 있는 사람이 아니고 거창한 철학이 있는 것도 아니다. 교육 방법론에 대해서 따로 배운 적조차 없다. 그저 의과대학의 요청으로 1년에 몇 시간 강의하는 사람일 뿐이며 의과대학 학생들이 병동 실습을 나오면 병동에서 챙겨주는 정도가 전부다. 혁신적인 치료법을 개발해내는 세계적인 의학자를 만들어내겠다는 생각도 없고 그럴 재주도 없다. 나부터도 그런 훌륭한 의학자나 의사가 아니다.

내가 교수랍시고 의과대학 학생 교육에 조금 더 신경을 쓰는 이유는 따로 있다. 나도 오래 살다 보면 언젠가는 암에 걸릴 수도 있고 아플 수 있을 텐데 그 미래에 내가 만날 의사는 현재 갓 의과대학에 들어왔거나 아직 고등학생 나이 정도의 학생일 것이기 때문이다. 그때 나를 치료해줄 의사는 적어도 나와 눈 맞추고 대화할 수 있는 의사이기를 바란다. 그러나 세상이 내 생각과는 너무 다르게 변해가고 있다.

아무리 세상이 달라지고 있고 사람을 직접 대면하기보다 기기를 통하는 것이 편해지고 있다지만 말과 말 사이에 오가는 눈빛과 미간의 움직임, 새어나오는 숨, 꽉 다문 입, 멋쩍은 웃음… 같은 것들이 전하는 의미는 휴대폰 메신저로는 전달하기가 어렵다. 아무리 말줄임표를 가져다 붙인 데도, 이모지를 쓴다고 해도 그 무언의 메시지는 표현할 방법이 없다. 때로는 그런 것들에 더 많은 것들이 담기고, 그렇게 전해지는 의미에 우리는 웃고 울기도 하고 위로를 얻기도 하며 환자의 진심을 알게 되기도 한다. 이런 것들에 의미를 두는 내가 옛날 사람인지도 모르겠지만 그럼에도 나는 앞으로 그런 것들이 없는 세상에 살게 될까 봐 때때로 두려워지곤 한다.

파비우스 막시무스

"순리대로 갑시다."

"순리대로요? 그게 무슨 말씀이신지요?"

"암세포 잡자고 독한 항암치료는 하지 않을 겁니다. 증상 완화에 초점을 맞출 거예요."

'파비우스 전략'이라는 말이 있다. 고대 로마의 정치가이자 장군 이었던 파비우스 막시무스(Fabius Maximus)로부터 비롯된 이 용 어는 싸우지 않고 승리를 거두거나 혹은 큰 피해를 입더라도 결국 은 이기는 전략을 말한다. 즉 승리를 위해 지구전, 소모전을 지향하 는 셈이다. 지중해 패권을 둔 전쟁에서 카르타고의 명장 한니발과

대적해야 했던 파비우스는 한니발과 맞서 싸우지 않고 싸움을 지연시키는 소모전을 해나갔다. 그러나 로마는 정정당당한 대결을 높이 평가했으며 전쟁에서의 후퇴를 치욕으로 여겼고, 한니발로 인한 극심한 피해를 입고 있었기 때문에 파비우스는 엄청난 비난을 받았다. 하지만 결론적으로 이 전략으로 그는 로마를 지켜냈다. 그리고 훗날 사람들은 그의 전략이 틀리지 않았다고 인정했다.

이길 수 없는 상대를 만났을 때는 무모하게 무턱대고 맞서 싸우기보다는 전략을 바꾸는 게 낫다. 이길 수 없다면 지지 않는 것도 방법이라는 말이다. 끝까지 버틴다는 정신으로 버티다 보면 때로 전쟁은 새로운 국면으로 접어들기도 한다.

종양내과 의사가 싸워야 하는 상대는 암세포다. 이 암세포는 노화와 진화를 거듭해온 굉장히 영리한 녀석이나. 스스로 유전자를 바꾸며 극한 상황에서도 생존할 수 있게끔 최적화되어 있다. 자기 생존을 위해 주변 조직도 스스럼없이 파괴하고 이동하며, 영악하게 탈바꿈하기도 한다. 나는 살아온 지 40년이 조금 넘었고 인류는 존재한 지 20만 년 정도 됐을 뿐이지만 암세포는 지구상에 존재해온 지 수억 년은 되지 않았을까? 그러다 보니 항암치료로 손쉽게 없앨 수 있는 암도 있지만 무슨 수를 써도 없앨 수 없는 암도 있을 수밖에 없다. 때로는 이길 수 없는 상대가 되기도 한다는 말이다.

이때 지지 않고 버티기 위해서 몇 가지 갖춰야 할 것이 있는데,

무엇보다 중요한 것은 현실을 냉정하게 파악하는 것이다. 파비우스는 한니발과 그의 군대에 대해 정확히 파악하고 있었고, 로마 장군들의 역량에 대해 냉철히 평가하고 있었다. 로마 장군들의 개별적인 역량만으로는 절대 한니발을 이길 수 없다는 사실을 파비우스는 일찌감치 알았다. 이것은 굉장히 어려운 일이다. 전투에 임하면서 상대에 비해 부족한 전력과 능력을 인정하는 것, 이것은 자기부정에 가깝다. 보통 사람들은 스스로를 객관적으로 냉정하게, 제대로 평가하지 못한다. 자기 자신의 모자람과 부족함을 인정하기는 어려운 법이다.

하지만 파비우스가 파악한 것은 그뿐만이 아니었다. 한니발 군대에 식량 보급이 치명적인 약점이라는 점도, 한니발은 매우 뛰어나지만 그 이외의 카르타고 장군들은 별 볼일 없다는 점도 확실히 알고 있었다. 로마에 뛰어난 장군은 없지만 로마에서 싸우는 만큼 자신들은 식량과 군수 물자 보급에 문제없다는 장점도 깨달았다.

파비우스가 도망만 다닌 것은 아니다. 그는 카르타고 본국과 한니발 군대의 내부 사정에 대한 정보를 끊임없이 수집하면서 상황을 살펴나갔다. 상대의 다음 행로를 예측하며 때로는 한니발 군대보다 한 발짝 앞서 나가 기다리기도 했고, 한니발이 없는 상황을 틈타 소소한 전투도 벌였다. 눈에 띄지 않았을 뿐 끊임없이 뭔가를 하고 있었다. 결국 그의 전략은 지난한 싸움 끝에 2차 포에니 전쟁의 승리를 로마에 안겨주는 원동력이 되었다.

나도 때로는 그 같은 전략을 택한다. 암세포가 싸움을 걸어오는 것처럼 느껴질 때가 있는데, 그런 때에 종종 최대한 시간을 끌며 버틴다. 종양의 크기가 어떻든 간에 장기의 기본적인 기능이 유지되도록 하는 데 집중한다. 환자가 좀 더 오래 숨 쉴 수 있고 먹을 수 있고 아프지 않도록 만든다. 정면승부를 피하고 버텨보는 식이다.

암 덩어리가 식도를 막아 위식도가 막히면 'PEG(Percutaneous Endoscopic Gastrostomy, 피부경유내시경위창냄술)'라는 위루술을 해서 위장으로 직접 영양을 공급할 수 있도록 만들고, 암 덩어리가 숨길을 막으면 기도절제술을 해서 숨길을 터놓는다. 암 덩어리가 통증을 일으키면 진통제를 아낌없이 쓰고, 균 감염이 생기면 항생제를 적절히 사용한다. 그러면 온전하지는 못해도 환자가 먹을 수 있고 숨 쉴 수 있고 아프지 않을 수는 있다.

이 같은 전략의 목적은 암이 자라는 것의 여부와 관계없이 일단 환자를 살아 있게 하는 것이다. 죽음이 예정되어 있기에 이 작전도 언젠가는 무의미해질 테지만 적어도 독한 항암치료로 힘든 상황은 피할 수 있고 나름대로 삶의 질도 유지할 수 있는 데다가 버티면서 시간을 벌 수도 있다. 그렇게 벌어들인 시간으로 환자가 다른 유용한 일을 하도록 독려할 수 있다.

사실 이런 버티기 전략을 가르쳐주는 스승은 별로 없다. 이런 전략은 아주 오랜 시간 아주 많은 환자를 보고 수많은 실패를 겪으면서 냉철한 시선으로 바라볼 때 비로소 스스로 터득하게 된다. 소위 명의니 대가니 하는 사람들도 하지 말아야 할 것을 하지 않음으로써 환자에게 큰 도움이 되는 방법을 터득하게 되지만 후배들에게 잘 가르쳐주지는 않는다. 자칫 의사로서 비굴해 보일 수 있기 때문이다.

대한민국 의료의 행위별 수가 제도는 뭔가를 해야만 보상이 뒤따른다. 세계적으로 유명한 의학저널도 뭔가를 해야만 논문을 실어준다. 뭔가 했다고 칭찬하는 사람은 있어도 하지 않았다고 칭찬하는 사람은 없다. 사람들은 승리에 환호하지만 지지 않음에는 환호하지 않는다. 결과가 예정된 죽음일 때에는 특히 더 그렇다.

결국 대부분의 사람들은 이 같은 전략을 잘 이해하지 못한다. 종양의 크기를 떠나 최대한 증상을 완화하며 시간을 버는, 완화 의료라고 불리는 이 전략을 좋아하지 않는다. 최신 표적항암제가 두 달의 시간을 벌어들일 때는 열광하지만 완화 의료로 동일한 두 달의 시간을 버는 것에는 놀랍도록 냉담하다. 하지만 의사로서 그 선택이 환자에게 최선이라고 판단될 때가 있다. 그럴 때면 환자의 냉담한 태도나 비난, 내 선택이 비굴하게 비춰질 수 있다는 사실은 얼마든지 받아들일 수 있다. 과시할 만한 승리는 아니라고 해도 이기는 것만이 능사는 아니다. 지지않는 것도 패배는 아니니까. 암 치료에

있어서 해야 할 것을 하는 것 못지않게 때로는 하지 말아야 할 것을
하지 않는 것도 중요하다.

너무 늦게 이야기해주는 것 아닌가요

"선생님, 그러면 제가 앞으로 두어 달 더 살기가 어렵다는 이야기 아닙니까?"

"안타깝지만 그렇습니다. 올해 넘기기가 쉽지 않을 것 같아요."

"아니, 그걸 지금에 와서 이야기해주시면 어떻게 합니까?"

환자의 원망 섞인 말에 나는 기억을 되짚어 보았다. 나는 분명히 한 달 전에도 환자에게 같은 이야기를 했었다. 혹시 내 기억이 틀렸을까 봐 지난달 진료 기록을 다시 열어 보았다. 분명히 'No more chemo, supportive care only, end of life care planning'이라고 적어 놓았다. 항암치료가 더는 어렵고 이제는 호스피스 완화 의료

로 넘어가야 한다는 의미였고, 환자와 그 부인에게 분명히 이야기
한 바 있었다. 그때도 환자는 내게 더 이상 항암치료를 하지 않는다
느니, 가망이 없다느니 어떻게 의사가 그런 말을 하느냐며 화를 쏟
아냈었다. 그런데 이제는 나쁜 소식을 미리 말해줬어야 하지 않느
냐고, 뒤늦게 말을 했다고 원망하고 있었다.

끝까지 희망을 놓고 싶지 않았을 것이다. 한 달 전 그는 내 이야
기에서 듣기 좋은 부분만 듣고 좋지 않은 부분은 흘려들었던 모양
이었다. 몸에 나쁜 음식은 달지만 좋은 약은 입에 쓰다. 사람은 누
구나 좋은 이야기만 듣고 싶어 하고, 암 환자라면 누구나 치료하면
좋아진다는 이야기를 듣고 싶어 한다. 그게 당연한 것이고 인간의
본성이다. 그러나 문제는 어느 시점이 지나면 현실이 우리가 원하
는 대로 돌아가지 않게 된다는 데 있다.

종양내과 의사는 환자가 냉정하게 현실을 직시하도록 하는 동시
에 희망을 놓지 않도록 만들어야 한다. 이런 일은 늘 어렵고 늘 내
뜻대로 되지 않는다. 의사인 내가 문제인 경우도 있고 환자가 문제
인 경우도 있다. 의사의 문제인 경우에는 내가 반성하고 돌이켜보
며 스스로 개선해나가면 되지만 환자의 문제인 경우에는 의사가 환
자 스스로 달라지도록 만들기가 쉽지 않다. 각자 생각이, 살아온 환
경이, 사고방식이 다르기 때문이다. 나와 다른 사람이기 때문에 타
인을 내가 원하는 방식대로 만드는 일은 사실상 불가능하다. 어쨌

든 내가 할 수 있는 일은 환자를 있는 그대로 바라봐주고 이해해주고 돕는 일이 전부다. 그러나 내가 부족한 탓인지 대부분 잘 이루어지지 않는다.

"아니, 선생님. 그걸 지금 와서 이야기해주시면 어떻게 합니까? 육십 가까이 살아온 삶이 있는데 그걸 어떻게 두 달 만에 정리한단 말입니까?"

틀린 말이 아니었다. 어떻게 몇십 년 가까이 살아온 인생을 두 달만에 정리하겠는가? 이 환자는 운영하던 사업체도 정리해야 한다는데 그게 두 달 만에 정리될 수 있을 리 없다. 그래도 이 환자는 두 달이라는 시간이라도 있는 게 다행이었다. 대부분의 암 환자들은 지푸라기 같은 희망을 붙들고 끝까지 항암치료에 매달리다가 갑자기 돌아가시는 경우가 많다. 삶을 정리하기 위한 논의 같은 건 꿈도 꾸지 못한 채 말이다.

뒤에서 다시 이야기하겠지만 미국 사람들은 보통 사망 6개월 전까지 항암치료를 받는다. 즉 그들은 삶을 정리하는 데 적어도 6개월 정도의 시간을 가진다는 말이다. 그에 반해 서울대병원 통계상에서 환자들은 사망 한 달 전까지 항암치료를 받는다. 삶을 정리하는 데 고작 한 달의 시간을 가지는 셈이다. 한국은 전 세계에서 항암치료를 가장 '빡세게' 하는 나라이고, 여기에서는 극소수의 사람만이 충분한 시간을 가지고 삶을 정리할 준비를 한다고 봐야 한다.

'항암치료의, 항암치료에 의한, 항암치료를 위한(of the chemo, by the chemo, for the chemo)'이라고 해야 할까?

의사가 더 이상 항암치료가 어렵다고 해도 많은 환자들은 최선의 최선을 다하기를 바란다. 그 심정을 이해 못 하는 바는 아니지만 최선을 다한다는 명목 아래 믿을 수 없는 보완 대체의학에 헛돈을 쓰거나, 항암치료를 포기하지 못하고 무의미하게 연명의료를 받다가 그대로 세상을 떠나는 경우를 너무 많이 보아왔기에 안타까울 때가 많다. 삶을 마무리할 최소한의 여유도 없이 마지막에 마지막까지 애를 쓰다 가는 것이다. 불편하게 들릴 수 있지만 그게 지금의 우리 모습이다. 내가 경험한 바로 한국은 살기도 힘들지만 죽기도 힘든 나라다.

물론 의사인 내 마음속에도 항암치료 중단에 대한 저항감이 있다. 아직은 쓸 수 있는 약이 남았는데, 아직 환자가 이 상황을 받아들일 마음의 준비가 안 된 것 같은데, 보호자도 아직은 더 치료를 받고 싶어 하는 눈치인데 내가 너무 쉽게 환자를 포기하는 것은 아닐까? 이런 생각에 빠져들면 나 역시 나쁜 소식을 전할 타이밍을 놓치기도 한다.

한편으로는 욕먹을 각오를 하면서 나쁜 소식을 전하기보다 차라리 환자와 보호자가 원하는 대로 항암치료를 하는 쪽이 속 편하기도 하다. 실제로 환자나 보호자에게 나쁜 소식을 전하는 것은 의사에게도 힘든 일이다. 감정 소모가 크고 환자로부터 원망 섞인 말도 많이 듣는다. 심지어 이 의사가 실력이 없는 것이니 다른 병원으로 가겠다는 말을 듣기도 하고 환자나 보호자가 난동을 부려 곤란한 경우도 왕왕 벌어진다. 이런 경우 환자와 보호자를 설득하는 데는 시간도 많이 걸리고 엄청난 에너지를 쏟아야만 한다. 웬만한 의지가 있지 않으면 힘든 일이다. 그래서 때때로 효과가 없을 게 뻔하지만 어쩔 수 없이 무의미한 항암치료를 이어가기도 한다

또한 마지막까지 항암치료를 이어가는 데는 또 다른 요인이 뒤섞이기도 한다. 항암치료 중단을 받아들이지 못하는 환자와 보호자를 설득하는 것은 시간도 에너지도 많이 드는 일이지만 병원 수익에는 아무런 도움도 되지 않는다. 항암치료도 하고 CT 검사도 하고 여러 의료 행위를 하면 병원에 수익이 발생하지만 나쁜 소식을 전하고 무의미한 연명의료를 중단하면 병원에는 0원의 수익이 발생한다. 그러니까 우리나라 암 환자들이 사망 4주 전까지 항암치료를 받는 것은 여러 요인들이 얽힌 결과다.

나는 의사로서 환자에게 나쁜 소식을 전해야 하는 경우에 환자들에게 가능한 한 일찍 말하려고 한다. 어떻게 두 달 만에 삶을 정리하느냐는 그 환자의 말이 틀린 이야기가 아니기 때문이다. 육십 평생 살아온 시간을 정리하는 데 두 달이라는 시간은 아무리 생각해봐도 짧다. 내가 만일 갑자기 말기 암 환자가 된다면 40년 조금

넘게 살아온 내 삶을 정리하는 데 얼마만큼의 시간이 필요할까 생각해본 적이 있다. 적어도 6개월 이상은 필요할 것 같고, 누구든지 간에 두 달 안에 정리하라고 한다면 나 역시 화가 날 것 같다.

환자에게 일찍 사실대로 알려야 한다고 생각하는 또 다른 이유가 있다. 남은 시간이 환자에게는 '정신적 성장'을 이룰 수 있는 기회가 되기 때문이다. 우리는 긴 인생에서 여러 개의 변곡점을 지나고 여러 가지 시련을 겪는다. 그 앞에서 좌절하기도 하지만 성장하기도 한다. 거센 파도를 넘고 폭풍우를 헤치며 항해하는 선장은 겪어낸 시련과 좌절만큼이나 항해술이 늘지만, 늘 평온하고 잔잔한 바다만 항해하는 선장의 항해술은 늘 거기에서 거기일 수밖에 없다. 자신의 죽음을 마주하며 삶을 정리해나간다는 것은 극히 고통스러운 일이지만 분명히 그 과정을 통해 배우고 깊어질 수 있다.

죽어가는 사람에게 무슨 성장 따위를 운운하느냐고 속 편한 소리한다고 말할지도 모른다. 하지만 죽을 때가 되면 사람이 변한다는 말은 괜히 나온 것이 아니다. 무한히 지속될 것 같았던 생이 유한하고 소중한 시간이 얼마 남지 않았다는 사실을 알게 될 때 삶을 바라보는 관점과 가치관은 분명히 변한다. 암 환자의 경우 하루하루를 일상의 반복으로만 보내지 않고 누구보다 더 의미 있는 매일을 보낼 수 있다는 말이다. 암 병원에서 무수히 많은 환자들을 지켜보며 나는 분명히 그 같은 변화를, 실례를 보아왔다. 그렇기 때문에 환자와 보호자가 때로는 충격을 받을 것도 마음 아파할 것도 알고 있지만, 내게 돌아올 원망도 예상하지만, 그럼에도 불구하고 가능한 한 있는 그대로의 사실을 전하려고 한다. 그것이 환자에게도 의사인 나에게도 분명히 조금 더 나은 길일 것이라고 믿는다.

3월의 신부를 위한 인사

환자와 가족들에게 아마도 한두 달 못 버티고 돌아가실 것 같다, 이제는 현실적인 임종 준비를 해야 한다고 한참 이야기했다. 여느 때와 마찬가지로 병실 공기는 무거웠고 환자와 가족들은 잠자코 의사가 무슨 말을 하는지 귀를 세웠다. 설명이 끝난 뒤 내 이야기가 이해되는지 물었을 때 환자의 부인이 입을 열었다.

"저희 둘째 딸아이가 내년 3월에 결혼을 하는데…"

부인의 말 속에는 가족들은 환자가 둘째 딸의 결혼식 때까지는 살아 있을 것으로 생각했다는 의미가 담겨 있었다. 동시에 그때까지 버텨주기는 정말 힘든 일이냐는 물음이기도 했다.

나도 환자의 상태가 이렇게 빨리 나빠질 거라고는 예상하지 못했다. 1년까지는 아니어도 적어도 5~6개월은 버틸 것으로 짐작했다. 하지만 내 예상은 보기 좋게 빗나갔고 항암치료는 듣지 않았으며 종양은 더 커졌다. 폐에 물이 차기 시작하면서 환자의 상태는 급격히 나빠졌다. 의사로서 착잡했다.

환자는 오십 대 후반의 나이였고 딸이 둘 있었다. 두 딸은 이십 대 후반, 삼십 대 초반 정도로 보였다. 둘 모두 그 또래답지 않게 아버지를 정성껏 돌보았다. 사실 부친이 투병 중이라고 해도 보통 이삼십 대 자식들은 병원에 나타나지 않는 경우가 더 많다. 각자 자신의 젊은 삶이 있기 때문이다. 간혹 병원에 오더라도 부모 곁에 있기보다 제 할 일 하느라 바쁘거나 보호자 침대에서 자고 있는 경우가 더 많다.

그런데 이 환자의 두 딸은 환자가 외래 진료로 병원에 올 때마다 번갈아가며 늘 아버지와 함께했고 부친이 입원했을 때에도 병실을 지켰다. 암에 대해 책과 인터넷 정보도 찾아보는 것 같았다. 아버지 상태에 대해 궁금한 것도 적극적으로 물어보곤 했는데 따로 공부하지 않았으면 나오기 어려운 질문들이었다. 내가 설명해주면 온 가족이 그 내용을 공유했다. 그 나이에 쉽지 않은 일이었다. 그런 두 자매 중 둘째가 결혼하는데 아버지는 결혼식을 보지 못하게 된 것이다.

다음 날 아침에 회진을 돌 때 보니 보호자 침대에 둘째 딸이 누워 있었다. 전날 병실을 지키던 엄마와 교대하고 둘째 딸이 병원에서 밤을 보낸 모양이었다. 아침 일찍 담당 교수가 회진을 오니 세수도 제대로 못한 채 부스스한 민낯으로 일어났다. 수척해 보였다. 하지만 내가 안쓰럽게 여긴다고 해봐야 상황이 달라질 것은 아무것도 없었다.

"내년 3월에 결혼한다면서요. 결혼 축하해요."

결혼 소식을 들었으니 당연히 축하는 해줘야 할 것 같아서 인사를 건넸다. 그리고 나도 모르게 그다음 말이 나오려던 것을 붙잡아 삼켰다.

'아버지랑 손잡고 결혼식장에 들어가지 못하게 될 텐데 어떻게 해요.'

이 땅의 모든 아버지에게는 로망이 있다. 아들을 둔 아버지는 아들을 데리고 목욕탕에 같이 가는 것, 딸을 둔 아버지는 결혼식장에 딸의 손을 잡고 들어가 사위에게 그 손을 넘겨주는 것. 환자는 큰딸의 결혼식에는 딸의 손을 잡고 들어갔지만 작은딸의 결혼식에서는 그럴 수 없다는 것이 몹시 슬플 테고, 그 딸도 아버지 없는 결혼식을 치러야 하니 슬픔이 클 것이다. 나는 그것이 몹시 안타깝고 안쓰러웠다.

그러나 그것은 내가 깊이 품지 않아도 될 안쓰러움이다. 내게는 말 한마디로 끝날, 강 건너 남의 일이지만 가족들에게는 온몸으로 받아내야 하는 현실이기 때문이다. 굳이 내가 상기시켜주지 않더라도 가족들이 이미 더 잘 알고 있다. 그런 일은 내가 알고 있다고 해서 혹은 내가 위로한다고 해서 상황이 달라지지 않는다.

남들이 다 이해할 수 없는 내 몫의 슬픔이라는 것이 있다. 그 같은 슬픔은 타인에 의해 규정되지 않는다. 오히려 타인이 그들의 잣대로 규정짓고 재단하려 할 때 슬픔을 견뎌야 하는 사람에게 더 큰 슬픔이 되곤 한다. 아버지를 잃는 것도, 아버지 없이 홀로 신부 입장을 해야 하는 것도 어디까지나 딸들의 몫이다. 그리고 그 슬픔은 영원할 것 같지만 영원하지 않다. 어느 시점이 되면 다른 형태로 각자의 삶에 녹아들어서 새로운 형태로 전환한다. 그것은 내가 겪어보았기 때문에 아는 것이다.

이십 대 초반, 절에 열심히 다녔던 적이 있다. 그 당시 불교는 내게 정신적 위안이었고 절에 다니다 보니 보살님(절에서는 중년의 여성 신도를 보통 그렇게 부른다) 몇 분과 얼굴을 트고 지내게 되었다. 그들은 대개 자식들이 좋은 대학에 가게 해달라고 기도하거나 남편 사업이 잘되게 해달라는 기도를 하러 절에 왔다. 지금도 그럴 테지만 그 당시에도 내 또래 젊은 사람들은 보통 교회를 다녔기 때문에 절에는 청년이 별로 없었다. 젊은 대학생이 절에 열심히 찾아오는 모습이 기특해 보였는지 나이 든 보살님들은 나를 보면 말을 걸어오곤 했다.

"대학생이에요?"

"네."

"실례지만 어느 학교 다녀요?" (진짜 실례라고 생각하면 묻지 말아야 한다.)

"서울대학교 다녀요."

"어이구, 대단하네. 공부를 참 잘했나 봐. 무슨 과 다녀요?" (서울대라고 해도 어느 과인지에 따라 평가가 다르다는 말이다.)

"의예과 다녀요."

"부모님이 좋아하시겠네. 아버지는 뭐하세요? (부모의 재력이 궁금하다는 의미다.)

"안 계세요. 예전에 돌아가셨어요."

"저런, 쯧쯧…. 고생이 많겠네요."

"…."

지금 생각해보면 그 같은 질문을 던지던 중년의 아주머니들은 그런 개인적인 질문을 사생활 침해로 생각하지 않았고 그들 나름의 친해지기 위한 방법으로 여기곤 했다. 호구 조사를 해야 서로를 깊이 있게 알 수 있다고 믿기에 묻는 것이겠지만 상대방이 느끼는 곤혹스러움에는 관심이 없다. 그 당시 나는 그 질문들이 몹시 무례하다고 느꼈다.

그런 질문들은 대개 늘 같았다. 어느 대학 다니는지 묻고, 서울대에 다닌다고 하면 '우와' 하는 표정으로 보다가 아버지가 돌아가셨다고 하면 한결같이 딱하고 안됐다는 표정을 지었다. 그러고는 대화가 뚝 끊겼고 아주머니들은 자리를 떴다. 내 인생에 대해서 알지 못하는 사람들이 아비 없이 크느라 고생 많았겠다고 지레짐작하고 단정 짓고는 그대로 사라져버렸다. 밥 한 번 사주겠다거나 등록금에 보태라고 만 원짜리 한 장 보태주는 사람은 없었다. 그저 자신들의 기준으로 내 인생을 재단하고 내 현실을 동정하고는 가버렸다. 그들에 의해서 나는 불쌍한 사람이 된 채 그것으로 끝이 났다. 나는 그런 가볍고 얄팍한 동정이 싫었다. 그 사람들이 그렇게 내 인생을, 내 이야기를 멋대로 판단할 권리가 없다고 생각했다.

고등학교 때도 마찬가지였다. 선생님들 사이에서 나는 '공부는 꽤 잘하는데 아버지가 안 계시고 집안 형편이 좋지 않은 학생'이었다. 학원 다닐 형편이 안 됐었기 때문에 본고사를 준비할 때 모르는 것이 있으면 교무실을 자주 찾았고, 여러 선생님들은 성심껏 잘 알려주었다. 다만 가르쳐주는 것으로 그쳤으면 좋았을 것을, 힘들지 않냐, 아버지 없어도 열심히 살아야 한다 같은 말들을 늘 마지막에 덧붙였다. 나는 그럴 때면 어떻게 대구해야 할지 몰라서 "알겠습니다" 하고는 교무실을 돌아 나왔다.

유일하게 고3 담임선생님만큼은 달랐다. 내 사정을 뻔히 아셨지만 아버지 없이 사는 것이 얼마나 힘드냐 따위의 말씀은 절대 하지 않았다. 내 개인사나 가정사에 대해서는 일절 묻지도 않았고 다른 친구들과 똑같이 대해주셨다. 그 대신 친구들 몰래 장학금을 연계해주셨고, 교사용으로 나온 문제집들을 몇 권씩 건네시곤 했다. 나중에 알게 된 사실이지만 그 선생님 역시 내 나이였을 때 아버지를 일찍 여의고 가족을 부양해야 했다고 들었다. 그러니까 그것은 먼저 겪어본 사람만이 할 수 있는 '침묵'이었다.

나이가 마흔을 넘어선 지금은 그 누구도 내게 '느그 아부지 뭐하시노?' 같은 질문을 하지 않는다. 안정된 직장, 대학교수라는 사회적 신분을 가지고 있어서인지 내게 무례한 질문을 하는 사람들은 점차 사라졌다. 오히려 내가 오래전 내게 불편한 질문을 하던 보살님의 위치가 되어가면서 내 기준으로 남의 불행을 섣불리 재단하거나 짐작하려는 못된 버릇이 생기려 하고 있다.

3월의 신부만 해도 그렇다. 그녀가 아버지 없이 신부 입장을 해야 하더라도 '아버지 손잡고 결혼식장에 들어가지 못할 텐데 어떻게 하느냐'는 말은 그녀에게 필요한 말이 아니다. 요즘에는 신랑 신부가 동시에 입장하는 식도 많고 신부 아버지 없이 치르는 결혼식도 많다. 그러니 신부가 아버지의 손을 잡고 입장하지 못한다고 걱정하는 것은 괜한 오지랖이다. 결국 내가 가진 잣대로 상대방의 슬픔의 크기를 재려는 것뿐이다. 예비 신부에게는 결혼 축하한다는 인사가 필요한 말의 전부일 것이다.

응급의학과 의사 남궁인 선생은《제법 안온한 날들》이라는 자신의 책에서 "사람은 일방적으로 불행하지 않다"라고 했다. 의사가 보기에 아무리 불행해 보이는 환자와 가족이라고 하더라도 그들은 그들 나름의 방식으로 삶을 이어나갈 것이며 불행은 그들의 삶을 더 풍요롭게 만들 것이라고. 그 말이 옳다.

"결혼 축하해요." 그 짧은 말 외에 어떤 말도 더하지 않은 것을 잘했다고 생각했다. 나는 그녀의 삶에 더 깊이 관여할 권리나 지분이 없다. 단지 마음속으로 기도하는 것으로 충분하다. 아버지가 떠난 뒤에도 남은 가족들은 그들만의 방식으로 슬픔을 이겨낼 것이고 살아낼 것이다. 그 슬픔의 빈 공간은 나의 안타까움과 걱정으로 채우는 것이 아니라 그들이 직접 채워나가야 하는 각자의 몫이다.

윤리적인 인간

고등학교 시절 국민윤리 선생님은 머리카락 한 올 없는 대머리에 두상이 특이한데다 양쪽 눈썹이 없는 모습이 딱 만화 주인공 '심슨'이었다. 수업 시간에는 수업 대신 교과서를 읽혔고 학생들이 40분 정도 각자 책을 읽으면 그걸로 수업은 끝났다. 지금 생각해보면 독서백편의자현(讀書百遍義自見), 아무리 어려운 책도 백 번을 읽으면 그 뜻이 저절로 드러난다는 말이 그분의 교육 철학이었던 듯싶다. 간혹 말씀하실 때면 침이 다발총처럼 튀었고 학생들이 떠들기라도 하면 에일리언처럼 긴 팔을 뻗어 꿀밤을 때렸다. 그 시절 내게 윤리란 자습과 타액, 꿀밤으로 기억될 정도였다. 그런 소소한 것들이

'윤리'라는 과목에 진절머리를 치게 만들었는데 거기에서 더 나아가 '윤리'라는 말에 코웃음을 치게 됐던 사건이 있었다.

어느 날 반 친구 한 명이 방배동 어딘가에 위치한 '봉봉오락실'에서 윤리 선생님을 봤다고 주장했다. 독특한 대머리의 남성이 동전 교환실에서 동전을 바꿔주고 있었다면서. 학생들 사이에서 사건의 진위는 팽배했다. '윤리' 선생이 그럴 리가 없다는 쪽과 그토록 특이한 외관의 소유자는 윤리 선생뿐이라는 주장이 팽팽히 갈렸다. 결국 우리는 사실 확인을 위해 다음 날 단체로 봉봉오락실로 향했지만 그날 우리가 목격한 사람은 뽀글거리는 파마 머리의 아주머니뿐이었다.

그 일은 그렇게 끝날 뻔했으나 어디에나 집요한 사람들이 있게 마련이다. 학생들이라고 다를 리 없다. 몇몇 아이들이 오락실에서 잠복근무를 한 끝에 그때의 그 인물이 윤리 선생님이라는 사실이 밝혀졌다. 지금 되짚어보면 선생님의 아내가 오락실을 운영했던 것 같다. 선생님은 퇴근 후에 오락실 일을 봐주었을 것이다. 지금 생각해보면 충분히 그럴 수도 있을 법한 일이지만 그 시절 학생들에게는 꽤나 큰 충격이었다. 비행의 온상지라며 학생들에게 출입을 금지시키던 오락실을 다른 과목도 아닌 '윤리' 교사가 운영하고 있었다는 게 '이중생활'로 느껴졌기 때문이었다. 게다가 그 오락실은 학생 주임의 손길이 미치지 않았고 결국 학생들이 봉봉오락실로 몰려

가기 시작했는데, 그것도 모순적으로 보였다. 그 일련의 상황을 지켜보던 내 눈에 '윤리'라는 것은 현실과는 유리된 것처럼 느껴졌다.

그 뒤로 내게 윤리란 그저 하나의 교과목일 뿐이었고 대학에 입학한 후로는 윤리라는 말은 잊고 살아왔다. 그런 내가 '윤리'라는 걸 고민하기 시작한 건 오히려 의사가 되고 난 다음이었다. 의사가 되고 나니 그것이 현실로 눈앞에 닥쳐왔기 때문이다.

직업상 말기 암 환자들을 많이 만나게 되고, 환자들의 임종이나 연명의료에 대한 일을 자주 접한다. 지금이야 연명의료결정법이 생기면서 많은 부분 정리가 되었으나 그전까지만 해도 이미 진행 중인 연명의료 중단 여부는 늘 어려운 문제였다. 이미 환자가 의식이 없고 회생 가능성이 없으니 인공호흡기를 떼달라는 가족들과, 회생 가능성이 없어도 인공호흡기를 떼는 것은 살인이니 중단할 수 없다는 의사들이 늘 대립했다. 회생 가능성이 없다는 공통점이 있지만 법은 현실을 반영하지 못했고 위법과 합법의 경계는 모호했다. 각자의 이해관계가 엇갈리는 사이 환자는 겪지 않아도 될 고통을 겪어야 했다. 환자 입장을 고려할 때 환자를 위한 최선은 명확했지만 현실은 그것을 허락하지 않았다.

그 밖에도 상황은 다양했다. 환자는 항암치료를 거부하는데 가족들은 항암치료를 원하는 상황. 환자는 적극적인 치료를 원하는데 가족들은 돈이 없다며 치료를 거부하는 상황. 중환자실에 두 명이 동시에 내려가야 하는데 중환자실 병상이 하나밖에 없는 상황. 수 많은 상황들은 저마다의 윤리적 딜레마를 가지고 있었고 문제들은 쉽게 해결되지 않았다.

이 같은 문제에 부딪쳐 고민하게 될 때마다 의료윤리를 전공하는 교수님과 경험이 많은 종양내과 은사님께 자문하곤 했고, 나보다 지혜가 많은 교수님들은 훌륭한 해결책을 제시해주셨다. 그렇게 얻은 해결책은 내 환자들에게 직접적인 도움이 되었고 나는 그 분들의 도움에 기대어왔다. 그런데 어느 날 의료윤리를 전공하는 교수님이 내게 의과대학 학생 강의를 부탁해왔다. 그분은 의사이지만 기초의학만 전공했기에 임상 경험이 없었고, 학생들에게 임상 현장에서의 경험이 담긴 수업이 필요하다고 생각해서 나를 찾은 것이었다.

"선생님, 바쁘시겠지만 강의 좀 부탁드려도 될까요? 선생님은 말기 암 환자들을 보면서 임종과 관련된 윤리적 갈등을 가장 많이 겪었을 테니 현장감 있게 강의를 잘해주실 것 같아서요. 제가 강의하면 재미가 없는지 학생들이 자거나 딴짓해요. 부탁 좀 드릴게요."

거절 못하는 병이 있는 데다가 환자 관련해서 도움을 많이 받았던 터라 거절하지 못했다. 그래도 난감하긴 난감했다. 내가 강의한다고 학생들이 졸지 않는다는 보장도 없거니와 나 역시 의과대학생 시절에 제대로 된 의료윤리 교육을 받아본 적이 없었다.

사실 의과대학에서 의료윤리 교육이 당연해진 것은 10여 년이 채 되지 않았다. 2002년에 의과대학을 졸업한 내가 학교 다니던 시절에는 의료윤리라는 과목 자체가 아예 없었다. 아마 대한민국에서 마흔 살 이상 되는 의사 대부분은 의료윤리를 정식으로 배워본 적이 없을 것이다. 2000년대 초반 당시에 몇몇 뜻있는 교수들이 의과대학 학장님을 찾아가서 의대생들에게 윤리 교육을 해야 한다고 건의했으나 그런 건 각자 알아서 하는 것이지 교육이 필요한 일이냐며 일언지하에 거절당한 적도 있다고 들었다.

　어쨌든 수업을 하겠다고 수락은 했는데 배워본 적도 없는 것을 스스로 독학해서 학생들에게 가르쳐야 하는 일은 상당히 부담스러웠다. 임상 의사로 살아오며 말기 암 환자들의 연명의료와 관련된 윤리적 문제도 스스로 해결하지 못했던 내가 의료윤리의 이론적 토대가 있을 리 만무했다. 의료윤리에 대한 책을 사서 읽어 보았으나 현학적 태도와 난해한 문장들은 너무 어려웠고 괜한 반발심만 되살아나게 했다. 그나마 임상윤리 사례집은 병원에서 일어나는 사례를 바탕으로 윤리 원칙을 제시하고 있어 이해가 쉬웠고 공감할 수 있는 부분이 많았다. 나는 사례집을 읽으며 거꾸로 공부를 해나갔다. 일단 환자 사례를 먼저 보고 모르는 것이 생기면 이론 서적을 찾아보는 식이었다.

　수업은 이론보다 현장에 기준을 두었다. 학생들에게 환자 사례를 주고 그와 관련해서 읽을거리를 나누어준 뒤 토론하는 식의 수업을 진행했다. 엄밀히 내가 했던 일은 강의라기보다 질문이었다.

"여호와의 증인으로 수혈을 거부하는 환자가 급하게 수술을 해야 하는데, 출혈이 클 것으로 예상하는 수술이다. 수혈을 하면 환자는 살 수 있는데 환자가 수혈을 거부한다. 생명의료 4대 원칙에 입각해서 생각해볼 때 당신은 담당 의사로서 어떻게 할 것인가? 환자 몰래 수혈하며 수술을 할 것인가?"

학생들에게 이런 질문을 던지면 학생들은 열심히 대답하며 토론을 했다. 어느 정도 결론이 모아지는 것 같으면 이어서 또 다른 질문을 했다.

"부모가 여호와의 증인이고 아이가 다섯 살인데 부모가 아이 수혈을 못하게 한다. 이때 당신은 담당 의사로서 어떻게 할 것인가?"

"부모는 여호와의 증인이고 아이는 신도가 아니다. 아이가 17세로 스스로 판단이 어느 정도 가능한 나이인데, 민법상 미성년자이고 수술 및 수혈 동의서는 부모가 써야 한다. 부모는 17세 아이에게 수혈하는 것을 반대한다. 아이는 살 수만 있다면 수혈을 받고 싶어 한다. 부모는 제법 가부장적으로 보이는데 아이는 부모 눈치를 안 볼 수가 없는 상황이다. 당신은 담당 의사로서 어떻게 할 것인가?"

"아이가 17세인데 아이도 여호와의 증인이다. 신실한 신도는 아니고 단지 엄마 따라다니는 소위 '나이롱' 신도로 추정된다. 부모는

17세 아이에게 수혈하는 것을 반대한다. 당신은 담당 의사로서 어떻게 할 것인가?"

학생들은 다양한 상황에 대해 생각보다 열심히 의견을 냈다. 학생들 의견을 들으니 내 머릿속도 덩달아 정리되는 것 같았다. 어느 정도 정리되면 또 다른 사례로 질문을 했다.

"당신이 응급실 담당 의사인데 응급실에서 치료하면 좋아질 수 있는 환자가 강력히 치료를 거부한다. 자율성 존중의 원칙에서는 환자 뜻을 존중해야겠지만, 선행의 원칙으로는 환자를 치료해야 한다. 담당 의사로서 치료를 거부하는 환자를 어떻게 할 것인가?"

"열심히 그 환자를 설득해보지만 잘되지 않고 있다. 그사이 살수 있는 다른 중환자가 응급실에 왔다. 다른 사람을 살리기 위해 이 환자 설득을 중단할 것인가? 응급실 담당 의사로서 당신의 시간은 한정되어 있는데 누구부터 살릴 것인가?"

그렇게 얼떨결에 수업을 했으나 아는 게 너무 없는 것 같아 내년부터는 더 이상 강의를 맡지 말아야겠다 싶었다. 그런데 학생들은 토론식 수업이 좋았고 임상 현장의 고충을 느낄 수 있어서 좋았다고 평가했다. 결국 다음 해에는 강의를 하나 더 추가해서 해달라고 부탁받았다. 첩첩산중이었다. 어쨌든 지금도 수업을 할 때마다 부끄럽지만 과거의 나처럼 학생들이 윤리로부터 현실적 괴리감을 느끼게 될까 싶어 최대한 현장에서 느끼는 문제들을 생각해볼 수 있게끔 이야기하고 있다.

거기에서 그쳤으면 좋았을 것을. 팔자에도 없이 자꾸 '윤리'라는 영역에 발을 들이게 되었다. 어쩌다 보니 의료윤리학회 회원이 됐고 병원의 윤리위원회에까지 소속되어버린 것이다. 학회 일은 조용히 머릿수를 채우며 여러 전문가들의 이야기를 듣고 공부할 기회가 되었으나 병원윤리위원회 일은 말 그대로 현장과 밀접히 연관된 사안들을 논의해야 하다 보니 고민의 영역과 무게가 넓고도 깊었다.

병원윤리위원회에는 다양한 안건이 올라오는데 그 중 가장 자주 언급되는 것은 타인 간의 장기 이식 심의다. 이 심의에서는 주로 금전적 거래 가능성은 없는지, 이식이 윤리적으로 타당한지를 검토한다. 예를 들면, 두 남녀가 서로 사랑하는 사이인데 한쪽이 건강하지 못해서 혼인신고를 하지 않고 함께 살다가 결혼을 결심하고 상대방에게 간을 주기로 결정한 경우. 차마 사랑하는 사람에게 간을 받기 미안해서 계속 이식을 주저하는 수혜자와 그런 수혜자에게 자기 간을 내어주겠다고 이야기하는 기증자. 가족들도 주지 않겠다는 콩팥을 친구를 위해 기증하겠다는 사람. 경제적 이해관계가 없음을 증빙해주는 서류들. 수십 년 전부터 알고 지내온 사이임을 증명해주는 빛바랜 사진들.

같은 사안이라고 해도 병원윤리위원회의 위원들 간에도 저마다 생각이 다르고 입장이 다르다. 그럴 때면 원론적인 문제부터 다시 파고들게 된다. 이를 테면 인간은 선한 존재인가, 악한 존재인가 같은 질문들. 그러나 실제 인간은 그 중간 어디쯤에 있지 않은가? 좀 더 검고 좀 더 희다의 차이가 있을 뿐. 심지어 그 둘을 나누는 기준도 일관되지 않다. 지금은 맞고 그때는 틀린, 그때는 맞고 지금은 틀린 것들이 없지 않다. 그러다 보면 '사람으로서 마땅히 행하거나 지켜야 할 도리'라는 것, 거기에서 나아가 '의학적 행위에 관한 원칙과 도덕 윤리'라는 것이 더더욱 어려워진다. '사람으로서' '마땅히'의 기준은 어디에 있는지, 의학적 행위에 관한 '원칙'은 무엇을 기준으로 하는지 명확한 답을 내리기 어렵다.

병원윤리위원회에서 이루어지는 심의는 한 번에 끝나지 않고 두세 번씩 심의를 하기도 한다. 그렇게 내려진 결정이 늘 옳다고 할 수도 없다. 인간의 판단은 늘 불완전하기 때문이다. 그러나 나행인 것은 우리의 결정이 완벽히 옳지 않을 수 있다는 가능성을 모두가 알고 있기에 다들 자료도 찾고 문헌도 찾아보면서 제도적으로 보완해보려고 애쓴다. 어쩌면 그렇게 불완전함을 메우려는 노력 자체가 윤리적인 것이 아닌가 싶다.

여전히 나는 윤리가, 의료윤리가 무엇인지 잘 모르겠다. 그런 문제는 언제나 어렵다. 그러나 적어도 의사로서, 인간으로서 부끄럽지 않으려고 바둥거리고 산다. 내가 불완전한 사람임은 충분히 자각하고 있으며 그 빈틈을 메우기 위해서 나보다 나은 사람을 찾아도움을 요청하며 배우며 나아가고 있다. 적어도 이것만큼은 유지하려고 한다. 그것이 어쩌다 '윤리'라는 말 테두리 안에서 살고 있는 내가 할 수 있는 최선이라고 믿으며.

이기심과 이타심

　환자는 오십 대 후반의 폐암 4기였다. 3년 전 일상생활이 어려울 만큼 암이 악화됐었지만 '알림타(Alimta)'라는 항암제가 극적인 효과를 보이며 폐암은 사그라들었다. 그 덕분에 환자는 어느 정도 일상으로 돌아올 수 있었다. 그러나 모든 항암제의 숙명인 내성을 피하지 못했다. 알림타 항암제가 듣지 않게 되면서부터 암 덩어리는 다시 커졌고 그로부터 3년 뒤 그의 폐는 다시 뿌옇게 변하기 시작했으며 다시 숨이 차기 시작했다.

　환자의 딸은 본업을 그만두고 아버지 간병을 다시 시작했다. 몇 년째 아픈 아버지를 대신해서 어머니가 경제 활동을 해왔기 때문에 간병을 전담할 수 있는 사람이 딸뿐이었다. 환자가 병원에 입원해 있는 내내 한눈에 보기에도 딸의 얼굴은 많이 지쳐 보였다. 환자 상태와 함께 딸의 상태도 나빠져가는 듯했다. 그럼에도 훗날 그녀는 자기 자신이 이기적이었다고 말했다. 아버지보다 본인의 일을 우선했던 것, 아버지를 제때 제대로 챙기지 못했던 것을 후회하고 자책했다.

흔히들 병든 부모를 봉양하는 것은 자식의 도리라고 생각한다. 부모로부터 생명을 얻었고 제 힘으로 아무것도 할 수 없던 어린 시절 부모에 의해 길러졌으므로 세월이 흘러 부모가 병들어 아무것도 할 수 없게 되면 자식이 병든 부모를 책임져야 한다는 이야기다. 틀린 말은 아니다. 하지만 자신을 희생하면서 누군가를 온전히 돌보는 일은 말처럼 쉽지 않다. 스스로의 희생이 수반될 때, 그 희생이 깊어지고 그 시간이 길어지면 누구든 지친다. 긴 병에 효자 없다는 말은 틀리지 않다. 보통의 깊은 사랑으로는 할 수 없는 일이다. 그것이 당연한 것일 텐데 부모가 암에 걸리면 자신의 모든 걸 포기하고 온전히 부모 간병에 매달릴 수 있다고 단언하는 자식이 얼마나 될까?

어쨌든 많은 자식들이 부모가 돌아가신 뒤에 후회하고 죄송하게 여긴다. 그때가 되면 해야 할 만큼 다하지 못했다는 생각에 자책하고 본인이 이기적이라고 괴로워한다. 그 딸도 다르지 않았다.

하지만 내 생각은 좀 다르다. 이십 대 중반의 젊은 여성에게는 그만의 삶이 있기 마련이다. 밖에 나가서 데이트도 하고 친구들도 만나 수다도 떨고 영화도 보고 맛있는 것도 먹으러 다녀야 한다. 미래를 위해 취업 준비도 해야 하고 공부도 해야 하고 사람들을 만나며 세상 경험도 해야 한다. 그런데 그 모든 걸 뒤로 미루고 부모 간병을 하면서 어떻게 마음이 다 좋을 수 있을까. 어쩌다 며칠도 아니고 간병 기간이 몇 년씩 계속되면 힘든 것이 당연하다. 완벽히 괜찮다고 하면 그게 더 이상한 일일 것이다.

내가 보기에 그 딸은 이기적이 아니라 이타적이었다. 오히려 스스로를 좀 더 챙겼더라면, 조금 더 이기적이었더라면 어땠을까 싶기도 했다. 부모 자식의 관계 이전에 그녀가 사람이기 때문이고, 간병 또한 사람이 하는 일이기 때문이다. 누군가를 돌보는 일을 오랜 기간 하려면 스스로를 돌보기도 해야 한다. 자기 자신을 챙기지 않으면 몸도 마음도 지치기가 쉽고, 그러고 나면 그 누구도 돌볼 수 없어진다. 그건 그 딸의 아버지인 환자도 원하지 않을 일이었다.

그런데 이 이기심과 이타심 사이의 줄다리기는 환자와 보호자뿐만 아니라 의사에게도 해당되는 일이다. 나 또한 경험해보고 나서야 깨달았다.

"아니, 의사라는 사람이 어떻게 저렇게 아픈 환자들 놔두고 휴가를 갈 수 있습니까? 당신이 그러고도 의사입니까?"

몇 년 전 한 환자가 응급실에서 막 올라왔고 그의 상태는 좋지 않았다. 회진을 돌며 현 상황과 치료 계획을 이야기해주면서 미안하지만 내일부터 휴가여서 자리를 비우게 됐다는 말을 덧붙였다. 그러자 보호자가 날카롭게 쏘아붙였다.

나로서는 1년에 한 번뿐인 휴가였고 몇 달 전부터 숙소 예약을 해둔, 사전에 계획된 가족 여행이었다. 하지만 환자는 예고 없이 찾아왔고 아팠다. 가족들에게 환자 상태가 안 좋으니 휴가를 취소해야 한다고 말하면 어떤 반응일지는 자명했다. 심지어 처음 발령받고 5년간은 가족과 제대로 함께 시간을 보내지 못했다. 가족과 휴가다운 휴가를 보내보지도 못했다. 아빠는 아픈 환자를 치료해야 하니 우리가 이해해야 한다며 아이들을 달래기에 지친 집사람에게 얼굴 들 면목이 없어진 지는 오래였다.

그런 내 사정을 알 리 없는 보호자의 말이었지만 아픈 사람을 놔두고 어떻게 휴가를 갈 수 있느냐는 그 말은 내 가슴을 후벼 팠다. 의사는 쉬지 않고 환자를 돌봐야 하는 사람으로 여기는 것 같아서 씁쓸하기도 했다. 보호자는 내게 이기적이라고 했지만 이 같은 상황에 부딪칠 때마다 나는 도리어 사람들이 너무 이기적이라고 느꼈다.

속상한 마음에 그날 그 이야기를 다른 동료 의사와 나누었을 때 동료는 보호자의 이기심을 질타했다. 그러나 의사가 아닌 친구에게 이야기했더니 보호자 입장에서는 그럴 수도 있을 거라고 말했다. 본인도 부친이 아플 때 담당 의사가 학회로 부재중이었는데 굉장히 서운했다는 이야기도 덧붙였다. 또 다른 사람과 이야기해보니 휴가 자체보다도 휴가를 알리는 내 태도에 문제가 있었을 것 같다고 했다. 어쨌든 그 일은 나에게 전환점이 되었다.

전환점의 계기는 다름 아닌 그 문제의 휴가였다. 비록 찜찜한 마음으로 떠나긴 했지만 짧은 휴식은 내 마음의 무거움을 털어버리기에 충분했다. 휴가지였던 강원도의 자연 휴양림에서는 인터넷이 잘 잡히지 않고 속도가 느려서 이메일을 확인하기 어려웠다. 졸지에 병원과 단절된 상태가 되어버리자 뭔가 멈춰 선 것만 같았다. 아무것도 할 수 없게 되니 그냥 포기하고 아무것도 하지 않기로 마음먹게 되었다. 실제로 격렬히 아무것도 하지 않았다. 숲속에서 숲 내음이나 맡으며 산책이나 하고 아이들과 놀고 맛있는 거나 먹으며 빈둥거렸다.

처음 하루 이틀은 아무것도 하지 않는 것에 대한 불안이 밀려왔다. 이래도 되나 싶고 일을 해야만 할 것 같았고, 느린 인터넷이라도 붙잡고 있어야만 할 것 같았다. 그러나 붙잡아봐야 터지지도 않는 인터넷을 포기하자 불안은 썰물처럼 빠져나갔다. 그제야 내 문제점이 서서히 드러나기 시작했다.

열심히 일하는 것이 미덕이고 병원 일이라면 나 자신을 희생해서라도 해야 한다고 나를 몰아붙였던 스스로가 문제였다. 열심히 일할수록 지쳤다. 지쳐가는 나를 스스로 돌보는 일은 외면했다. 나라도 나를 돌봤어야 하는데 모든 상황에 내가 우선순위가 아니었으므로 방치한 채로 두었다. 몸도 마음도 해졌다. 마음이 지치니 몸은 더 무거워졌다. 실제로 체중도 불고 보는 사람마다 피곤해 보인다, 안색이 안 좋다 등등 한마디씩 하더니 어느 순간부터는 그런 말조차 하지 않고 그저 내 눈치만 살폈다. 언젠가부터 환자들에게 불친절해지고 전공의 선생님들에게 짜증을 내고 있는 나를 발견했다. 휴가지에서 깨달은 사실은 내가 안 좋은 방향으로 변해가고 있다는 것이었다. 내가 평온하지 못하니 내 주변을 괴롭히고 있다는 것을 알았다. 변화가 필요했고 해결책이 필요했다.

　휴가에서 돌아온 뒤 우선 잠을 충분히 잤다. 살면서 지금까지 잠을 적게 자고 일을 많이 해야 한다는 강박을 갖고 있었는데 막상 잠을 충분히 자도 아무 일도 일어나지 않았다. 제 시간에 퇴근을 했고 짬이 날 때마다 가벼운 산책을 했다. 좋아하는 사람들을 만나서 맛있는 밥을 함께 먹었다. 좋아하는 음악을 듣고 좋아하는 책도 읽고 아이들과 함께 시간을 보냈다. 그게 전부였다. 하지만 많은 게 달라졌다. 적절한 휴식을 취하니 몸이 편안해졌다. 늘었던 체중도 줄고 몸이 한결 가벼워졌다. 병원 생활과 내 생활을 분리할 수 있게 되었다. 이전까지는 24시간 업무 스위치를 끄지 못했는데 그 이후부터는 병원 업무를 끝내며 머릿속의 셔터를 내릴 수 있게 되었다.

그렇게 몇 달이 지나자 사람들이 나를 보며 얼굴이 좋아 보인다고 하기 시작했다. 누군가 내게 쏘아붙이는 말을 해도 그냥 그런가보다 하고 넘길 수 있는 마음의 여유도 생겼다. 외래를 볼 때 집중력도 늘었고 판단력도 좋아졌다. 환자들과의 관계도 더 좋아졌으며 가볍게 농담할 수 있는 여유도 생겼다. 내가 휴식을 취하는 것에 대해서 나와 타인에게 터무니없이 미안한 감정이 들지 않기 시작했다.

그런데 나만 그렇게 느낀 것은 아닌 모양이다. 서울아산병원 종양내과 김선영 선생 역시 《잃었지만 잊지 않은 것들》이라는 책에서 이렇게 말했다. "돌이켜 생각해보면 환자들에게 잘했던 때는 내가 푹 자고 푹 쉬고 스스로 편안했던 때였다."

내가 불안하고 편치 않으면 그 감정이 고스란히 상대방에게 전해진다. 비행기를 탈 때마다 안내 방송으로 나오는 사항이 있다. 비상사태에는 본인이 먼저 산소마스크를 쓰고 그다음에 아이에게 씌워야 한다는 내용이다. 아이를 생각한다고 아이에게 먼저 씌워주려다가 잘되지 않으면 둘 다 죽을 수 있기 때문이다.

누군가를 돌볼 때에는 어느 정도는 이기적이어야 이타적이 될 수 있다. 결국 이기심과 이타심은 동전의 양면과 같다. 내가 편하기 위해서 남을 배려하지 않는 이기심이 아니라 스스로를 돌볼 수 있고 스스로 평온함을 찾을 수 있는 이기심은 필요하다는 말이다. 우리는 누군가의 보호자이기도 하고 누군가를 돌봐야 하는 사람이기도 하지만 그에 앞서서 나 자신을 보살펴야 하는 스스로의 보호자기도 하기 때문이다. 나를 가장 먼저 돌볼 사람은 나뿐이다. 스스로를 보살필 수 있을 때 남을 돌볼 수 있는 능력과 여력이 생긴다. 이타적이기만 하려다가 스스로를 돌보지 못해서 다른 사람도 돌보지 못하는 것은 결코 바람직한 일이 아니다.

4부.

생사의 경계에서

\#

… 언론에서는 법이 만들어졌으므로 모든 사람들이 존엄한 임종을 맞을 수 있을 것처럼 떠들었다. 그러나 법 조항 몇 줄이 오래된 관습을 쉽게 바꿀 수는 없다. 언론에서 비추지 않는 현장에서는 여전히 어려움이 많고 부담이 크다. 연명의료결정법은 합법적으로 인공호흡기에 주입되는 산소를 중단할 수 있도록 했지만 누가 어떻게 산소 주입을 중단할지에 대해서는 고민해주지 않았다. 의료진도 보호자도 고민을 거듭한 끝에 선택을 하지만 어쨌든 아직 붙어 있는 숨을 '내가' 끊어냈다는 일말의 부담과 죄책감을 털어내기는 쉽지 않다. 그 이전에 연명의료를 언제 어떻게 누가 논의해야 하는지, 비용 문제는 어떻게 할지, 의사들이 처벌 조항을 어떻게 받아들일지에 대해서도 고민해주지 않았다.

각자도생, 아는 사람을 찾아라

– 이야기 하나

잘 아는 스님으로부터 오랜만에 전화 한 통을 받았다. 당신 절에 다니는 한 신도가 위암으로 수술을 했는데 담당 의사가 항암치료를 받으라고 했다며 그 치료를 받아야 하느냐고 물어왔다. 이야기를 좀 더 들어보니 그 신도는 림프절이 양성으로 나와서 재발 고위험 군에 속했다. 항암치료는 재발 방지를 위해서 권유받은 것이었다. 지극히 통상적인 일이고 가이드라인대로 하는 표준 진료였으며 당연히 받아야 하는 항암치료였다. 내가 직접 환자를 한 번도 보지는 못했지만 아마도 항암치료를 견딜 체력이 되었으니 담당 의사가 치료를 권하지 않았을까 싶었다.

"스님, 담당 의사가 항암치료를 권하는 데는 그만한 이유가 있지 않을까요? 필요하면 해야죠."

"그렇지? 항암치료 해야겠지?"

"그렇겠지요. 시키는 대로 하는 게 가장 좋을 거예요."

"수술 잘되었다고 하는데 왜 항암치료를 받아야 하느냐고 안 받으면 안 되냐고 계속 그러더라고."

들은 대로라면 그 환자는 고민할 것이 없이 재발 방지를 위해 항암치료를 해야만 하는 명백한 상황이었다.

"그런데 그런 건 담당 의사에게 물어봐야지 왜 스님한테 물어봐요?"

"그러세 말이다. 의사랑 이야기해서 해결힐 것이지 왜 나힌데 묻는지 나도 모르겠다. 내가 오죽 답답했으면 김 교수한테 전화를 다 했겠나. 암튼, 바쁜데 알려줘서 고맙고 내가 그분께 잘 이야기할게."

그 환자의 답답했던 심정은 이해가 되지만 결국 이야기는 몇 명의 제 3자들을 돌고 돌아 결국 원점으로 돌아갔다. 아는 사람을 통해서 건너건너 아는 의사에게 확인을 받았다는 마음의 위안은 됐겠지만 경로가 틀렸고 달라진 것은 없었다.

– 이야기 둘

고등학교 친구로부터 오랜만에 연락을 받았다. 직업적으로 잘 아는 거래처 사장의 부인이 유방암 진단을 받았다고 했다. 상대는 '중요한 거래처 사장의 부인'이니 이 관계에서 친구는 소위 '을'이다. 을의 입장에서는 갑의 가려운 곳을 긁어줘야 할 테고 친구는 아마도 "제 친구가 서울대병원 암 병원에 있는데…"라는 식의 이야기를 꺼냈을 확률이 높다. 결국 거래처 사장은 부인의 일로 때마다 내 친구에게 전화를 걸어왔다. 상황은 이상하게 흘러가기 시작했다.

담당 의사가 환자에게 뇌전이가 의심된다고 MRI 검사를 권한다. 환자는 남편에게 전화해서 뇌에 전이되었을지 모르겠다고 말하고, 그는 내 친구에게 전화하고, 친구는 다시 나에게 전화를 걸어와 뇌에 전이된 것이 맞는지 묻는다. 나는 다시 친구에게 환자가 뇌에 전이된 것이 확실한지 뇌 MRI 검사는 했는지 묻고, 친구는 거래처 사장에게 전화를 걸어 부인이 MRI 검사를 받았는지 묻고, 사장은 부인에게 묻는다. 그러면 환자는 남편에게 내일 MRI 검사 예정이라고 하고, 사장은 내 친구에게, 친구는 다시 내게 전화를 걸어와 부인의 말을 전한다. 이런 전화와 전화의 무한 루프를 돌았다.

요즘은 개인정보 보호 문제로 의사가 자기 환자가 아닌 다른 환자의 의무기록을 함부로 볼 수 없다. 나는 그분의 의무기록을 볼 수도 없는 상태에서 건너건너 듣는 것만으로 이야기를 해줄 수밖에 없었다. 내일 MRI 검사를 해봐야 뇌전이가 됐는지 정확히 알 수 있을 거라고. 그러면 그 이야기는 다시 전화로 두세 다리 건너서 환자에게 전달되는 식이었다. 내가 하는 이야기는 원래 담당 의사가 환자에게 처음부터 직접 이야기했던 것이고, 전화 통화가 몇 번 돌고 말이 몇 다리를 건넜지만 결국 'MRI 검사를 해봐야 뇌전이가 됐는지 알 수 있다'는 간단한 사실에는 변함이 없다.

보호자인 그 사장이 진정 원했던 것은 친구로부터 "내가 잘 아는 서울의대 교수가 당신을 특별하게 대접할 것이다"라는 이야기를 듣는 게 아니었을까? 그러니까 내가 사장과 그 부인을 만나 아무개에게 연락을 받았는데 걱정 말고 치료 잘 받으시라는 말을 해주기 바랐던 것 같았다. 이 큰 대학병원에서 특별히 나를 봐주는 든든한 뒷배가 있다는 느낌을 심어주길 바랐다고 해야 할까?

그러나 나도 내 환자들에게 자세히 설명해주지 못하는 처지에 남의 환자에게 알지도 못하는 것을 자세히 설명해줄 만큼 한가하지 않았다. 알아두면 도움이 될 인간관계를 살뜰히 챙길 만큼 정치적이지도 못했다. 환자는 몇 다리 건너 아는 사람이니 내가 그렇게까지 해줄 만큼 가까운 사이도 아니었다. 대학병원 교수의 처지는 대부분 비슷하고 다들 시간에 쫓기며 사는지라 그 환자의 담당 교수도 환자에게 필요한 설명만 간단히 했을 것이다. 나 역시 그 이상으로 해줄 여력은 없었다.

어쨌든 그렇게 소모적인 일이 몇 번 반복되면서 친구도 점점 불편해졌다. 어느 순간부터는 문자가 와도 답을 하지 않았고 전화도 받지 않게 되었다. 결국 그 사장과 부인에게 '나도 서울대병원에 아는 교수가 한 명 있다, 필요하면 빽 쓸 수 있는 사람이다, 나는 특별한 환자다'라는 확신을 갖게 해줬어야 하는데 까칠한 사람인 나는 그렇게 해주지 않았다. 친구는 아마도 나에게 서운했을 것이다.

병원에 있다 보면 이런 일들을 자주 겪는다. 병원에는 청소하시는 분이나 경비 아저씨라도 알아두어야 한다는 말이 있다. 아는 사람이 많을수록 내가 필요할 때 도움을 받을 수 있다. 서로 편의를 봐줘야 하는 것은 기본이다. 일종의 품앗이와 같다. 우리는 그것을 인맥이라고 부른다. 이게 어디 병원에서만 일어나는 일인가? 우리 사회가 그렇게 흘러왔고 그렇게 흘러가고 있다.

한국은 전무후무한 압축 성장을 이뤄냈지만 이 같은 성장은 필연적으로 효율성을 추구한다. 원칙과 합리는 외면받고 빨리 성과를 내려면 원칙이 무시되어야 하며 예외가 인정되어야 한다. 그렇다고 특혜를 아무에게나 줄 수 없으니 결국 모든 것은 인맥에서 비롯된다. 물론 그런 특혜가 간혹 효율성을 높이고 압축 성장에 기름칠을 해오기도 했다. 그러나 그 결과 공적 시스템 위에 사적 시스템이 존재하게 되어버렸다.

암 보험도 마찬가지다. 국가에서 운영하는 국민건강보험 하나만 믿을 수 없다. 국민건강보험은 보장성이 낮기 때문에 이것만 믿고 있다가는 큰 병에 걸렸을 때 병원비 폭탄을 맞기 쉽다. 사보험 하나쯤은 들어놔야 한다. 그런 이유로 한국에서 암 보험 하나 들어놓지 않은 사람은 없을 정도인데, 이것 또한 알음알음 아는 보험 설계사가 와서 권했던 것이고, 그 얼굴을 봐서 가장 저렴한 것으로 하나 들어놨던 경우가 대부분이다. 그러니까 결국 암 보험도 꼭 내 필요 때문이라기보다 아는 이를 위한 품앗이일 가능성이 높다는 말이다. 공적인 건강보험이 내 건강 전부를 책임져주지 못한다는 불신은 사적인 보험 시스템을 필요로 했고, 암 보험은 필수가 되어버렸다.

학교 공교육도 다르지 않다. 심지어 교사들조차 공교육만으로는 자식들을 좋은 대학에 보내기 힘들다는 것을 누구보다 더 잘 알기 때문에 사교육에 매달린다. 공교육을 개혁해서, 대학 입시 제도를 정비해서 학교 교육만 잘 받아도 대학에 갈 수 있는 사회를 만드는 것은 어차피 교사 개인이 할 수 있는 일이 아니다.

공적 시스템을 바꿀 수 있는 힘을 가진 사람은 공적 시스템 없이 인맥에 의한 사적 시스템으로도 생존과 생활에 문제가 없다. 오히려 사적 시스템은 늘 공적 시스템보다 위력을 발휘해왔다. 그래서 어려운 때에는 아는 사람이 있어야 안심이 된다. 사적 시스템은 그렇게 '특권'을 형성해내고 그것은 점차 공고해지며, 그 결과 '인맥은 중요한 법'이 되고 만다.

2015년에 만들어진 '김영란법'은 이런 폐해를 끊어내고자 한 것이지만 어떻게 하라는 행동지침이 되기보다 걸리면 걸리는 '걸리버법'으로 전락한 것만 같다. (적어도 나는 그렇게 느낀다.) 정의롭고 좋은, 안전한 나라에 대한 구호를 외치는 사람들은 많지만 실제로 정의롭고 안전하고 좋아지고 있는지는 잘 모르겠다. 병원 안이든 밖이든 구호는 구호로 남고 뒤에서 이득을 취하는 사람들은 따로 있다는 생각이 들곤 한다.

각자도생의 나라다. 아무도 책임지지 않고 아무도 도와주지 않고 아무도 믿을 수 없는 상황에서 각자 스스로 살길을 찾을 수밖에 없던 평범한 사람들의 뼈저린 경험에서 생겨난 말, '각자도생'. 내 생존은 누구도 신경 쓰지 않으므로 우리는 스스로 살아남아야 한다. 병원에도 아는 사람이 있어야 한다는 말을 부인할 수 없는 현실이다. 쓸쓸함은 좀처럼 가시지 않는다.

최선을 다하는 것이 최선이었을까

"최선을 다해 주십시오. 꼭 부탁드립니다."

"혹시 보험이 안 되는 치료가 있으면 비용은 상관없으니 다 해주세요."

윈스턴 처칠은 말했다. "절대로 절대로 절대로 포기하지 마라." 어떠한 어려움이 있어도 포기하지 말고 끝까지 최선을 다해야 한다. 우리는 늘 그런 교육을 받아왔다. 하면 된다, 안 되면 되게 하라. 도저히 못 하겠다고 하면 이런 답이 돌아온다. 얼마큼 해 봤어? 될 때까지 다시 해 봐.

대한민국은 모두가 불가능하다고 했던 일들을 수없이 이뤄냈고,

전쟁의 폐허 속에 세계에서 가장 가난한 나라는 30~40년 만에 선진국 반열에 들어섰다. 다른 선진국은 200여 년에 걸쳐 쌓은 성과를 30~40년 만에 이뤄낸 고도의 압축 성장. 무슨 일이 있어도 가난을 벗어나야 한다는 절박함 속에서 만들어낸 눈부신 성과였다. 군대식 상명하복 문화와 야근이 당연한 장시간 노동은 부산물이었다. 그런 시대에서 "하면 된다"는 일종의 사회적 종교였고 우리 사회를 지탱하는 가치관이었다. 우리는 무엇이든 최선을 다해야만 했다. 말 그대로 그것이 무엇이든지 말이다. 심지어 자연스럽게 찾아오는 죽음에 있어서도.

할머니는 80세 폐암 말기 환자였다. 이미 처음 진단할 때부터 뼈와 간에 암세포가 퍼져 있었다. 자식으로는 아들 둘, 딸 둘을 두었고 이 사남매는 나에게 늘 최선을 다해달라고 했다. 그러나 할머니는 연세가 많고 항암치료를 견딜 체력이 되지 않았다. 말이 별로 없으셔서 그런지 외래에 오면 그 가족들이 대변인이 되어 할머니 대신 환자의 몸 상태에 대해 미주알고주알 말하곤 했다. 환자 본인의 의사는 확인할 수 없고, 보호자들은 항암치료를 원했으며 환자도 같은 생각이라고 했다.

결국 항암치료를 시작했다. 다소 무리인 줄 알고 시행한 치료였지만 다행히 어느 정도 성과가 있어 암이 줄어들기 시작했다. 할머니는 무척 힘들었을 텐데도 그럭저럭 견뎠다. 보험이 안 되는 고가의 항암제도 썼고 할 수 있는 최선의 치료를 했다. 그렇게 6개월을 잘 넘겼지만 예상치 못한 문제는 늘 그렇듯 이번에도 갑자기 발생했다.

날씨가 쌀쌀해지던 11월 무렵이었다. 며칠 전부터 할머니는 감기 기운이 좀 있었다. 기침도 났고 가래도 끓었다. 감기려니 했는데 어느 날 갑자기 가족들이 할머니를 응급실로 모시고 왔다. 39도가 넘는 고열, 가쁜 호흡. 응급실에서 찍어 본 CT 검사 결과는 좋지 않았다. 폐암의 상태는 악화되어 있었고 폐렴이 심했다. 항암치료에도 불구하고 암 덩어리가 커졌고 커진 암 덩어리가 기관지를 막으면서 폐렴이 생긴 것이었다. 호흡이 유지되지 않았다. 산소 수치는 반토막이 나며 점차 떨어지고 있었다. 할머니의 의식은 점점 흐려졌다. 이대로라면 몇 시간 못 버티고 돌아가실 것 같았다. 당장 할머니 숨이 넘어가게 생기자 가족들은 울며불며 매달렸고 CT 검사 결과를 보며 한참 인상을 쓰던 응급실 의사는 말했다.

"아무래도 중환자실에 가셔야 할 것 같습니다. 중환자실 가실지 가족끼리 상의하고 알려주세요."

원래 암이 어느 정도 진행된 암 환자인 경우 중환자실에 가도 좋아질 확률이 지극히 낮다면 환자에게 중환자실을 권하지 않는다. 반대로 이번 고비만 넘기면 명백하게 좋아질 여지가 확실하면 일단 환자를 중환자실로 옮기고 보호자에게 통보한다. 하지만 이도 저도 아닌 애매한 경우가 늘 있다. 지금 당장 중환자실에 가지 않으면 바로 사망하겠지만 그곳에 간다고 해서 다시 좋아진다고 장담할 수 없는 상황이 그렇다. 이런 때에는 의사도 보호자도 결정하기 쉽지 않다. 보호자나 가족으로서는 이성적 판단이 어렵다. 환자에 대한 애틋함과 미련이 남아 있으면 더더욱 그렇다. 의사로서도 환자 상태가 좋아질지 확신이 크지 않아 결정하기 어려운 건 마찬가지다. 환자 본인의 의견이 중요한데 이런 경우 환자는 대부분 의식이 없는 상태다.

외래를 막 끝내고 나왔을 때 응급실에서 전화가 왔다.

"선생님, 선생님께 진료받는 80세 폐암 환자, A할머니 아시죠? 폐렴 때문에 응급실에 오셨는데 기도삽관했고 인공호흡기 달았습니다. 내과계 중환자실로 입원하려고 하는데 선생님 특진으로 올리려고 전화 드렸습니다."

"A 환자분이요? 잠시만요."

CT 사진과 의무기록을 살펴본 내 얼굴은 잔뜩 찌푸려졌다. 응급의학과 선생님의 눈에는 항생제를 쓰면 좋아질 폐렴이 보였을지 몰라도 내 눈에는 항암치료에도 불구하고 커져버린 암 덩어리가 보였기 때문이었다. 암 덩어리가 기관지를 막았고 그로 인해 폐렴이 생겼다. 인공호흡기를 달아도 암 덩어리가 계속 기관지를 막는 상태에서는 어차피 항생제 치료도 듣지 않을 것이 뻔했다.

"A 환자분 폐암이 악화됐는데… 중환자실 가셔도 좋아지지 않을 것 같은데요. 인공호흡기를 이미 단 건가요?"

"네."

응급의학과 선생님의 대답은 퍽이나 짧았다.

"왜요? 그분 CT에서 암 커진 것 보셨죠? 중환자실 가셔도 암이 해결 안 돼요. 그러면 결국 인공호흡기 못 떼고 돌아가실 거예요."

"저희도 그 점을 생각 안 한 것은 아닌데요. 가족분들이 중환자실을 원했습니다."

"아무리 그렇다고 해도…"

"그러면 인공호흡기 안 달고 바로 돌아가시게 놔뒀어야 했다는 말씀이신가요? 가족들은 인공호흡기를 원했는데요?"

응급의학과 선생님 말 속에 가시가 있었다. 응급실 입장도 알면서 왜 그러냐는 것만 같았다. 늘 최선을 다해달라고 했던 가족들을 알고 있기에 할 말은 없었다. 응급의학과 입장에서도 당장 응급실에서 돌아가시게 하는 것보다 인공호흡기를 다는 편이 나았을 것이다. 응급의학과에서도 환자의 상황을 모르지는 않았을 것이다. 그러나 응급실은 늘 환자가 많다. 이 가족들에게 할머니의 상황이 이러이러하다는 것과 할머니에게는 중환자실이 왜 의미 없는지를 설명해서 중환자실로 환자를 옮기지 않도록 설득하는 데는 30분 이상 걸려도 인공호흡기를 다는 것은 5분이면 끝난다. 나중에 다른 보호자가 뒤늦게 와서 왜 어머니를 죽게 내버려뒀냐고 멱살이라도 잡으면 응급의학과 선생님들도 골치 아파진다. 게다가 일단 환자가 중환자실로 가면 그다음부터는 응급의학과 소관이 아닌 내과 소관으로 넘어간다. 응급의학과 입장에서는 중환자실로 가는 것이 여러 모로 합리적인 결정이다.

생각보다 많은 보호자와 가족이 의학적으로 할 수 있는 모든 것을 다 해드리는 것이 부모에 대한 효도이고 가족에 대한 사랑이라고 생각한다. 이런 보호자들은 대개의 경우 환자에게 중환자실이 아무 의미가 없어도 중환자실을 고집한다. 게다가 환자에 대한 미안함이 클수록 더 그렇다. 환자 입장에서는 자신의 생사에 대한 중요한 결정이 자신은 제외된 채 가족과 의료진, 제 3자에 의해 이루어지는 셈이다. 살았을 때도 편치 않고 죽을 때도 편치 않게 되어버린다.

전공의 시절에 지도 교수님과 간단한 연구 하나를 같이 해본 적이 있다. 연구 주제는 우리 병원 환자들이 '세상을 떠나기 며칠 전까지 항암치료를 받고 있는가'였다. 연구 시작 전에 문헌 검색을 해보니 미국 환자들의 데이터는 있었으나 한국 환자 데이터는 전혀 없었다. 미국의 경우 암 환자들이 평균적으로 사망 6개월 전까지 항암치료를 받았다. 즉 항암치료가 의미 없는 것으로 판단되면 남은 6개월은 삶을 정리할 시간을 갖고 호스피스 완화 의료를 받는 것이다.

곧바로 서울대병원에서 사망한 환자 자료를 추리고 연구를 시작했다. 결과는 놀라웠다. 마지막 항암치료와 사망까지의 평균적인 시간차는 60일, 두 달이었다. 죽기 두 달 전까지 항암치료에 매달리고 있다는 말이었다. 호스피스 완화 의료를 선택하는 사람은 전체의 10퍼센트가 채 되지 않았다. 그것이 2007년 상황이었다. 10년 뒤 똑같은 연구를 다시 해보았다. 이번에는 마지막 항암치료와 사망까지의 간격이 30일로 줄었다. 죽기 한 달 전까지 항암치료를 하고 있다는 의미였다. 우리는 그렇게 또 최선을 다하고 있었다.

할머니는 결국 중환자실로 옮겨졌다. 내 예감은 틀리지 않았다. 아무리 센 항생제를 써도 폐렴은 좋아지지 않았고 그렇다고 빨리 돌아가시지도 않았다. 혈압이 떨어질 것 같으면 혈압 올리는 약을 썼고 산소 수치가 떨어지면 인공호흡기의 산소를 올렸다. 콩팥 기능이 나빠지기 시작하자 투석도 시작했다.

그렇게 1주, 2주, 3주가 흘렀다. 수액 주사가 많이 들어가니 할머니의 얼굴은 퉁퉁 부어서 눈을 억지로 뜨게 해도 떠지지 않았다. 피검사를 하도 해대서 혈관들은 다 터졌고 팔다리에는 검푸른 멍 자국이 가득했다. 그 와중에도 각종 수액과 항생제, 승압제들이 주렁주렁 매달려서 할머니 몸속으로 들어가고 있었다. 엉덩이에는 욕창이 생기기 시작했고 승압제를 오래 쓴 탓에 손가락 발가락 끝은 검게 썩기 시작했다. 혈압이 떨어지거나 산소 수치가 떨어져서 각종 기계들이 삑삑거리며 시끄럽게 울리면 표정 없는 간호사들이 와서 약을 올리고 알람을 끄고 가버렸다. 콧줄로 들어간 식사가 대변으로 나오면 간호사들이 와서 환자를 번쩍 들어 기저귀를 갈고 대변을 닦아냈다. (간호사 한 명이 봐야 하는 환자 수가 많아 간호사들은 늘 힘든데, 특히 중환자실 간호사의 일은 무척 고되다. 중환자실 3교대 근무를 몇 달 하다 보면 이삼십 대 젊은 간호사들도 몸이 축난다는 것을 금방 느낀다.)

중환자실은 가족 면회가 제한되어 있어서 하루에 두 번 밖에 면회가 안 된다. 그나마 감염 관리 때문에 장갑을 끼고 앞치마 같은 일회용 가운을 입고 면회를 해야 한다. 할머니의 가족들은 매일 면회를 왔다. 사실 면회를 와도 할 수 있는 일은 딱히 없었다. 퉁퉁 부어서 알아보기 힘들어진 환자의 얼굴을 장갑 낀 손으로 어루만지거나 담당 간호사에게 오늘은 상태가 좀 어떠시냐고 물어보는 정도뿐이다. 이것은 대개 비슷하므로 이럴 줄 알았다면 절대 중환자실에 가지 않았을 거라고 가족들이 후회하는 데는 대개 하루 이틀이면 충분하다. 문제는 중환자실이 이런 곳이라고 아무도 미리 이야기해주지 않았다는 점이다. 설령 알려줬어도 중환자실의 실상을 정확히 알기는 어려운 일이다.

예전에 본과 4학년 학생들과 함께 중환자실의 풍경을 2분짜리 동영상으로 만들어서 환자에게 보여주는 연구를 한 적이 있다. 환자나 가족들은 보통 중환자실에 대해 모르는 상태에서 중환자실행 여부를 결정해야 하므로 올바른 정보를 제공하자는 취지로 시작한 연구였다. 그러나 연구 대상인 환자들을 제대로 모집할 수 없었다. 환자들이 이 짧은 동영상을 보자마자 눈물과 함께 감정적 동요가 심해져 더 이상 이야기를 나눌 수 없는 지경이 되었기 때문이었다. 자신이 그 삭막한 공간에 있다는 상상만으로도 괴로워했다. 그럼에도 불구하고 현실에서는 대부분 일단 의식 없는 환자에게 인공호흡기를 단다. 마지막까지 최선을 다한다는 미명 아래.

할머니도 그렇게 중환자실에서 인공호흡기를 달고 한 달여를 버텼다. 최선을 다해달라는 가족들은 끝내 '심폐소생술 거부 동의서'에 서명을 하지 않았다.

얼마 후 버티고 버티던 할머니의 심장은 이제는 좀 쉬고 싶다며 어느 날 갑자기 멈춰버렸다.

"선생님, 어레스트예요!"

다들 할머니 주변으로 몰려들었다. 가족들이 '심폐소생술 거부 동의서'에 서명하지 않았기 때문에 의료진은 CPR(심폐소생술)을 해야만 했고, 기계적으로 몰려온 사람들이 CPR을 시작했다. 인턴 선생님이 흉부 압박을 시작하자 뚝 소리가 나며 할머니의 복장뼈가 푹 꺼졌다.

"150줄 차지 해주세요. 모두 떨어지세요!"

펑!

제세동기라 불리는 전기충격기가 환자의 몸에 가해지자 펑 소리와 함께 환자의 늙고 작은 체구가 들썩였다.

"아직 안 돌아왔네요. 200줄 차지!"

펑!

노구가 다시 한 번 허공에 떠올랐다.

"인턴 선생님, 계속 컴프레션 하세요."

흉부를 압박할 때마다 뚝뚝 소리가 났다. 갈비뼈가 부러지는 소리였다. 더 부러질 갈비뼈가 없어지자 이제는 부러진 갈비뼈가 서로 맞닿아 뼈 갈리는 소리가 신경을 거슬렀다.

"인턴 선생님… 살살…."

상황 파악을 하지 못한 눈치 없는 인턴이 최선을 다해 흉부압박을 하자 주치의는 적당히 살살 하라고 주의 아닌 주의를 주었다. 어차피 '쇼피알(환자는 가망이 없으나 어쩔 수 없이 보여주기[Show] 위해서 하는 CPR이라는 뜻)'인데 제대로 CPR을 할 이유가 없었다. 갈비뼈만 더 부러져 봐야 나중에 가족들 보기에 좋지 않았다. 이미 열려버린 눈동자와 최대한 마주치지 않으면서 인턴은 최대한 살살 흉부를 압박했다. 주치의가 간호사에게 물었다.

"보호자분들 오셨나요?"

"네, 지금 혜화 로터리 근처래요. 곧 도착하신대요."

모두들 보호자와 가족들이 빨리 오기만을 기다리고 있었다. 보호자가 오면 주치의는 나가서 보호자와 가족들에게 상황을 설명할 것이다. 가족들이 상황을 파악하고 환자의 죽음을 받아들이면 쇼피알 연극은 끝나고 주치의는 사망을 선언할 수 있다. 환자의 저승 가는 길은 그렇게 힘들고 험난했다.

가족들과 의료진은 환자에게 현대의학으로 할 수 있는 모든 최선을 다했다. 그러나 아무도 행복하지 않았고 환자는 너무 힘들게 저승길로 떠났다. 나는 이 모든 상황 속에서 자꾸 되묻게 되었다. 최선을 다하는 것이 과연 최선이었을까, 하고.

존엄한 죽음을 위해서

– 연명의료결정법에 대하여

존엄한 죽음.

사람이라면 누구나 바라는 일일 것이다. 어쩌면 당연해야 하는 일이기도 하다. 그러나 현실에서는 참 어렵다. 2016년 대한민국에서 사망한 28만 명 중 21만 명이 병원에서 사망했고, 말기 암 환자는 90퍼센트가 병원에서 임종을 맞는다. 병원에서 임종을 맞이하는 순간은 대개 비슷하다. 사망 두 달 전에 평생 쓸 의료비의 절반 정도를 쓰기 때문에 임종이 다가오는 시점에는 경제적인 이유로 대부분 6인실을 선호한다. 6인실에는 말기 암 환자도 있고 내일 수술받을 조기 위암 환자도 있고 단순 폐렴 환자도 있다. 말이 좋아 6인실이지 보호자까지 더하면 12인실에 가깝다. 그 한구석에서 누군가가 숨이 끊어져가는 상황이라면 거기 있는 누구도 좋을 리 없다.

누군가가 혈압과 호흡이 떨어지면 간호사들이 분주히 드나들고 그 가족들은 울기 시작한다. 가족 친지들이 한 명 한 명 도착할 때마다 울음소리는 공명을 이루며 커진다. 간호사들이 커튼을 쳐 가리기는 해도 죽어가는 환자의 작은 소리도 여과 없이 다 들리고 험한 모습도 커튼 너머로 다 보인다. 내일 수술받을 옆자리 환자는 재수 없을 징조라며 병실 밖으로 나가고 담당 의사는 무표정한 모습으로 사망 선언을 한다.

"○○○ 환자분 ○○년 ○○월 ○○일 오후 ○○시 ○○분 사망하셨습니다."

나직한 사망 선언이 끝나면 온 가족의 통곡이 이어신다. 간호사들이 시신을 정리하고 곧 장의사로 보이는 사람이 와서 흰 천을 씌운 다음 시신을 병실 밖으로 이송한다. 바로 앞자리 환자는 조금 전까지 살아 숨 쉬던 사람이 송장이 되어 나가는 모습을 보며 충격받는다. 결국 그곳에서의 임종은 환자에게도 가족에게도, 옆자리 환자에게도 끔찍한 기억으로 남는다. 이것이 대부분의 임종 순간의 풍경이다.

서울대병원에는 삶의 마지막 순간이나마 편안히 임종을 맞이할 수 있도록 임종방이라는 것을 만들어 놓았다. 이 방은 임종을 앞둔 사람을 위한 1인실인데, 이 임종방 하나를 만들어 놓으면 병원은 적자를 볼 수밖에 없다. 우리 병원만 해도 이 방 하나를 운영하는 데 1년에 1억씩 꼬박꼬박 적자가 나고 있다. 임종방의 가동률이 떨어져 비는 때가 늘어나면 적자 폭은 더 늘어난다. 이런 공간이 필요하다는 것은 누구나 공감하지만 1년에 1억이나 되는 운영비를 감당하는 데는 누구나 인색하다.

게다가 임종방이 있다고 해서 이 방에 머무는 모두가 존엄한 죽음을 맞는가? 그것은 또 다른 문제다. 임종방에 올 정도면 환자는 스스로 의사 결정을 할 수가 없는 경우가 대부분이고 환자의 상태는 제각각이기 마련이다. 환자가 살아는 있으나 죽음보다도 못한 상태일 때, 존엄과는 멀어지고 있는 경우라면 의사와 보호자는 속수무책으로 상황을 유지하며 지켜볼 수밖에 없다. 아니, 정확히 말하면 과거에는 그래야만 했다. 그러나 2018년 2월, '연명의료결정법'이 시행된 이후 의료진도 보호자도 선택의 순간을 맞게 됐다. 환자를 떠나보내야 할 것인지, 최악의 상황이라고 해도 이승에 붙들어 놓을 것인지.

말기 두경부암 환자인 K는 임종방에서 임종을 준비하고 있었다. 여러 번의 항암치료와 방사선치료에도 불구하고 암은 계속 커졌고 더 이상 손쓸 수 없는 상태였다. 죽음의 그림자는 이미 짙었다. 다만 문제는 산소였다. 호흡이 거칠어지고 산소포화도 수치가 떨어질 것 같으면 담당 전공의가 와서 산소를 올려놓고 갔다. 산소 2리터, 3리터 그리고 산소 4리터. 그러면 다시 산소포화도 수치가 올랐고 환자의 호흡은 조금 안정을 찾았다. 몇 시간 뒤 산소 포화도 수치가 다시 떨어지면 담당 전공의는 다시 산소를 올려놓았다.

그러기를 반복하는 사이 시간은 흘렀다. 며칠 사이에 종양은 더 커졌고 환자의 얼굴은 점점 사람의 형상을 잃어가고 있었다. 기세 좋게 자라나는 암 덩어리가 상대정맥을 눌러서 머리의 혈액이 심장 쪽으로 내려오지 않았다. 얼굴은 풍선처럼 부풀어 올랐고, 눈두덩은 애기 주먹만 해져서 눈을 뜨지 못했다. 그나마 눈곱이라도 닦아내야 하는데 눈꺼풀이 떨어지지 않았다. 퉁퉁 부은 틈새로 분비물이 흘러나오길 기다렸다가 거즈 수건으로 걷어내는 게 전부였다. 온몸의 구멍이라는 구멍에서는 온갖 분비물이 쏟아져 나왔다. 암 덩어리는 썩었고, 균이 자라면서 곪았고, 곪은 것은 터졌고, 터진 것은 밖으로 흘렀다. 피고름, 누런 분비물, 덩어리진 분비물은 물론이고 입에서는 침이, 기도절제로 터놓은 숨길에서는 각종 썩은 가래가 흘러나왔다. 석션을 아무리 해도 그때뿐이었다. 고름과 뒤범벅된 분비물은 멈추지 않았고 그 분비물이 손에 닿으면 이상하게 하루 종일 시큼한 냄새가 손에서 빠지지 않았다.

온갖 험한 꼴을 다 봐왔던 나도 사람의 몸이 그렇게 변할 수 있다는 사실에 놀랐다. 심지어 목에 있던 종양이 곪을 대로 곪아 터져

시큼하다 못해 극심한 비린내가 쌓여가고 있었다. 임종방에 암 썩는 냄새가 진동했다. 보통 사람은 10분 이상 그 병실에 있기 힘들 정도였다. 한 사람이 인간답고 존엄하게 임종을 맞이하기 위해서 만들어 놓은 임종방인데 제 기능을 할 수 없었다. 환자의 몸에서 나는 냄새는 인간의 몸이 그리 존엄한 것이 아니라고 말하는 것만 같았다. 후각이 마비될 때쯤에는 냄새는 더 심해져서 둔해진 후각을 다시 깨웠다. 그러나 환자의 아들과 부인은 그 방 안에서 의식 없는 환자 곁에 24시간 붙어 있었다.

이게 마지막일 거라고 생각하면 환자는 다음 날 더 흉한 몰골이 되었고, 그다음 날이면 더 심각해졌다. 두려운 것은 내일이 되면 더 험하게 변할 거라는 사실이고 내일이 마지막이 아닐지도 모른다는 현실이었다. 살아 있는 것이 죽는 것보다 두려운 날들. 저승길이 코앞 강 건너 같은데 환자는 무슨 이유인지 숨을 거두지 않았다.

환자는 이제 얼굴이 너무 부어 찡그리지도 못했다. 때때로 꺼억 꺼억 소리만 뱉어냈고, 그럴 때면 아들은 옆에서 가래를 뽑아대고 간호사에게 모르핀을 올려달라고 소리쳤다. 모르핀이 계속 증량되면서 환자의 의식은 더 떨어졌다. 의식 없는 상태로 숨은 모질게도 끊어지지 않아 뜨거운 호흡은 힘겹게 숨길을 오갔고 시간은 부질없이 하루 이틀 또 흘러갔다.

그 속내를 알 수 없는 전공의는 산소포화도 수치가 떨어지면 산소량을 올렸고 혈압이 떨어지면 혈압 올리는 약을 더 처방했다. 내가 산소를 올리지 말라고 지시해두면 간호사가 와서 산소를 올려놓고 갔다. 의무기록을 보면 새벽에 보고받은 전공의가 전화로 산소를 올리라고 지시한 것으로 되어 있었다. 나는 그 전공의가 무엇을 원하는 것인지 알지 못했다. 죽음의 순간이 그렇게 자꾸 뒤로 미뤄지고 있었다. 어머니와 아들은 흐느꼈다.

아버지의 마지막을 옆에서 지켜보려고 며칠씩 그 상황을 감내하고 있던 아들은 깊이 흐느껴 울었다.

"선생님, 도저히 옆에서 차마 볼 수가 없어요."

아들은 휴대폰을 열어 아버지 사진을 나에게 보여주었다. 아버지의 마지막 모습을 영원히 간직하고 싶어 휴대폰으로 사진을 찍었건만 사진 속 부친의 얼굴은 보기 힘들게 달라지고 있었다. 이런 모습이 사랑하는 아버지의 마지막이기를 바라지 않았을 것이다. 결국 이제는 찍은 사진을 차마 쳐다볼 수도 지울 수도 없는 상황이 되어버렸다.

"선생님, 이렇게 하루 이틀을 더 끌면 뭐합니까. 아버지가 의식이 있으셨다면 절대로 이런 모습을 원하지 않으셨을 겁니다. 차라리… 차라리… 이럴 바에는… 돌아가시는 것이 더 나을 것 같습니다…."

가족들의 울음이 마음을 울렸다. 아들의 말은 옳았다. 보통의 가족 같았더라면 선뜻 이런 이야기를 하기가 어렵다. 돌아가시는 게 낫다니. 그것은 누구보다 환자를 사랑했던 가족이었기에 할 수 있는 말이었다. 이제 누군가는 상황을 종료해야 했다. 그게 환자를 위하는 길이었다. 아니, 거기에는 의심의 여지가 없다고 굳게 믿었다. 나는 결국 산소 공급기의 산소를 껐다. 뻑뻑 소리를 내며 들어가던 승압제 주사기도 멈췄다. 가족들 외에 지켜보는 사람들은 없었다. 가족들의 울음 속에서 환자분은 두어 시간쯤 뒤에 숨을 거뒀다.

나는 살인을 한 것인가? 일부 종교인들이 이 사실을 알았더라면 나를 당장 몰아세우지 않을까? 내가 산소 공급을 멈추고 승압제 주사를 중단했으므로 그들은 내가 살인자라고 생각하지 않을까? 그러나 앞서 말했듯이 2018년 2월에 '연명의료결정법'이 시행되었다. 이 법에 의하면 회생 가능성이 없는, 사망에 임박한 말기 암 환자는 무의미한 연명의료를 자신의 의지로, 환자가 의식이 없을 경우에는 가족들의 선택으로 유보 혹은 중단할 수 있다. 법에 의하면 이미 달고 있는 인공호흡기를 떼는 일도 가능하며, 환자 본인의 뜻에 반해 연명의료를 지속하면 그것이 오히려 불법이 된다.

언론에서는 법이 만들어졌으므로 모든 사람들이 존엄한 임종을 맞을 수 있을 것처럼 떠들었다. 그러나 법 조항 몇 줄이 오래된 관습을 쉽게 바꿀 수는 없다. 언론에서 비추지 않는 현장에서는 여전히 어려움이 많고 부담이 크다. 연명의료결정법은 합법적으로 인공호흡기에 주입되는 산소를 중단할 수 있도록 했지만 누가 어떻게 산소 주입을 중단할지에 대해서는 고민해주지 않았다. 의료진도 보호자도 고민을 거듭한 끝에 선택을 하지만 어쨌든 아직 붙어 있는 숨을 '내가' 끊어냈다는 일말의 부담과 죄책감을 털어내기는 쉽지 않다. 그 이전에 연명의료를 언제 어떻게 누가 논의해야 하는지에 대해서도 고민해주지 않았다. 비용 문제에 대해서도 고민해주지 않았고, 의사들이 처벌 조항을 어떻게 받아들일지에 대해서도 고민해주지 않았다.

나는 가족들의 동의를 받아 환자의 산소 공급과 승압제 주입을 중단했고 그는 사망했다. 2018년 2월 이전이었다면 나는 살인자가 됐을 것이고, 2018년 2월 이후라면 합법적으로 연명의료를 중단한 의료진이 된다. 행위는 같으나 불법과 합법의 경계는 애매하고 인산의 판난은 인위석이다. 불법과 합법의 경계가 애매할수록 현장은 혼란스럽다. 법의 모호성은 권력을 낳고 법으로 옳고 그름을 따지고자 하는 사람들이 많아진다. 법을 논하는 사람들은 많아도 진정 환자를 위하는 사람은 많지 않다. 법을 따지려는 이들은 현장에 발 들이지 않고 나중에 문제가 되면 법이라는 이름으로 심판하려고만 한다. 그러나 책상머리에서는 알 수 없는 일들이 현장에서는 늘 일어난다.

죽은 이는 말이 없다. 현실적으로 일을 개선해나갈 수 있는 사람들은 현장에는 오지 않으므로 같은 일은 늘 반복된다. 그러다 언젠가는 내 차례가 되지 않겠는가. 나 또한 현장을 방관한 대가로 같은 차례를 맞이하게 될지 모른다. 그런 답 없는 생각이 꼬리를 물고 이어지지만 결국 남는 물음은 이것뿐이다. 존엄한 죽음은 무엇으로 이루어지는가. 사는 것이 죽는 것보다 고통스러운 마지막 순간에 의사로서 진정 환자를 위하는 일은 무엇인가.

울 수 있는 권리

"엄마, 이제 그만 울어. 우리 이제 나가자. 선생님 다음 환자 진료 하셔야 돼."

"흑, 흑… 흑…."

나쁜 소식을 전하다 보면 진료가 길어지고 환자가 울음이라도 터트리면 외래는 지연되곤 한다. 내 외래는 툭하면 지연되는 외래 인데 나쁜 소식을 전해야 하는 경우가 두 번 연속되면 그 이후 그날 의 모든 환자 외래 진료가 지연된다. 울고 있는 환자를 보호자가 끌고 나가는 상황을 계속 마주해야 하는 건 안타깝고 슬픈 일이다.

사람들이 병원과 의료진에게 갖는 판타지가 전부 틀렸다는 건 아니다. 아픈 사람들을 치료한다는 것이 병원과 의료진의 존재 가치의 근간일 것이다. 그래서 그런지 병원을 공공재처럼 여기는 경우가 많지만 병원은 기업이기도 하고 의료진 역시 일하는 노동자이기도 하다. 그러므로 병원도 수익이 있어야 유지가 되고 그 병원에서 일하는 의료진 역시 수익 구조 바깥에 있지 않다. 내가 3시간 안에 외래를 봐야 하는 환자가 40명인 것도 그 이유에서 벗어나지 않고 '시속 10명'은 되어야 겨우 수지타산을 맞출 수 있다.

때때로 나는 인건비 개념이 없는 우리나라에서 의학적 설명은 공짜이고 CT 검사에 끼워 파는 미끼 상품 같다고 느끼곤 한다. 정부가 공식적으로 인정하는 원가 보존율이 70퍼센트이다 보니(즉, 원가가 100원인 물건을 정부는 70원에 팔라고 강제하는 것과 같다) 병원은 최대한 짧은 시간에 최소한의 설명과 최대한의 많은 검사를 해야 적자를 면한다. 비급여 진료, 상급 병실료, 장례식장 수입, 주차장 수입으로 필수 의료의 적자를 알아서 메워야 한다. 대형병원 지하에 있는 화려한 식당에서 나오는 수입도 적자를 메우는 주요 수단이다. 저렴한 의료비라며 생색은 정부가 내지만 책임은 현장으로 돌아온다. 결국 서류상으로는 의료비가 저렴해 보이지만 현장에서 환자들은 결국 쓸 돈은 다 쓰게 되어 있다.

지극히 한국적인 공장식 박리다매 진료가 아닐 수 없다. 의사 몇 명이 적자를 감수하고 '시속 5명'으로 환자를 본다고 해결되는 문제는 아니다. 만일 내가 한 시간에 환자 5명만 보겠다고 선언하면 내 외래는 예약 자체가 안 될 것이고, 의사 얼굴 한 번 보는 데 두 달은 기다려야 한다고 하면 난리가 나지 않을까? 대부분의 사람들은 집에서 두 달 기다리는 것보다는 차라리 병원에 와서 두 시간 기다리는 것을 택할 것이다. 동시에 대형병원 전문의가 15분 이상 진료해주길 원하지만 진료비용이 오르는 것에는 난색을 보일 확률이 높다. 그러다 보니 대형병원은 늘 진료 예약이 초과되는데 다양한 이유로 외래는 늘 지연이 된다. 환자에게 나쁜 소식을 전해야 하는 날은 특히 더 그렇다.

이런 날 진상 환자(환자에게 진상이라는 표현을 써서 미안하지만 이 수식어 말고는 도저히 표현이 안 되는 사람들이 있다)라도 온다면 외래는 또 지연된다. 이 환자들은 왜 이렇게 진료가 지연되냐며 분이 풀릴 때까지 계속 소리치고 화내고 욕하며 밖으로 나가지 않는다. 그래서 진료는 또 지연된다. 이렇게 되면 마주하고 있는 환자의 "홍삼을 먹어도 되나요?" 같은 질문은 무심하게 지나쳐야 속도를 낼 수 있고 '시속 15명'으로 내달려야 지연된 시간을 만회할 수 있다. 자칫 답하지 않아도 되는 환자의 질문에 말려들면 10초는 금세 까먹는다. 넘어진 달리기 선수가 일어나서 속도를 더 내야만 하는 것과 마찬가지다. 그와 동시에 의사로서 중요한 소견을 놓치진 않을까 언제나 조마조마하다.

이 같은 진료 끝에는 씁쓸함과 허탈함을 지울 수 없다. 지연돼버린 외래에서 나쁜 소식에 우는 환자를 보호자가 끌고 나갈 때면 마음이 쓰리다. 병원에서 일하는 노동자로서의 내 몫은 다했어도 환자를 만나는 의사로서의 몫은 다한 것인가 자문할 때 착잡해진다. 환자와 보호자의 마음은 더 아플 것이다. 이것이 공장식 박리다매 진료의 민낯이다.

더 슬픈 것은 이 같은 시스템이 우리를 길들인다는 점이다. 비정상이 오래되면 무엇이 정상인지 알기 어렵다. 시스템은 더욱 공고해지고 이 시스템 속에 있다 보면 환자나 보호자도, 의사도 컨베이어벨트처럼 3분에 한 명씩 진료실에 들어왔다가 나가는 것을 당연하게 여기게 된다. 그러다 보니 주어진 짧은 시간이 끝나면 울고 있는 환자를 보호자가 끌고 나가고, 밖에서 울음소리는 새어 들어오고, 그 옆에서 오래 기다린 대기자들은 화를 내는 이상한 현실을 이상하지 않게 받아들이게 된다.

이 거대한 시스템 속에서는 슬퍼하거나 울 수 있는 권리가 없는 걸까? 이 공장식 박리다매 진료에서 마음껏 울 수 있는 권리를 논한다는 게 과욕인 걸까? 이 시스템의 변화는 불가능한 걸까? 복잡한 시스템 속 작은 톱니바퀴는 오늘도 여지없이 돌아가면서도 좀처럼 물음표를 지우지 못한다.

죽음을 기다리는 시간

인간의 평균 수명은 놀랄 만큼 늘어났다. 100년 전만 해도 인간의 평균 수명이 40세 남짓이었으니 현대 인류는 예전보다 곱빼기로 장수하게 된 셈이다. 100세 시대를 맞이하게 되었다는 둥 인간의 최대 수명 120세에 도전한다는 둥 이런 내용이 심심치 않게 언론에 보도되는데, 나는 이런 보도를 접할 때마다 다들 백 살을 살면 실제로는 어떤 일이 벌어지는지 알고 하는 소리일까 궁금해진다. 현실을 모르면 공허한 메아리에 능하다는 생각이 든다.

국립소록도병원에서 공중보건의를 했을 때 아흔이 넘는 초고령의 환자들을 처음 보았다. 이 병원은 한센병 환자를 치료하는 전문

병원인데, 전문병원임을 강조하는 이유는 한때 병원이라는 이름으로 이들을 사회적으로 격리시켰던 집단 수용시설이었기 때문이다. 어쨌든 그곳에 계신 분들의 평균 수명은 83세로 무척 길었고, 100세 넘는 분이 일곱 분이나 있었으며 90세 넘는 분은 셀 수 없을 만큼 많았다. 그리고 병원에는 101세, 95세, 94세, 91세 한 분 그리고 90세 두 분이 지내는 장수병실이 있었는데 임연례 할머니는 그 병실에서 7년 넘게 장기간 입원해 있던 90세 환자였다.

당시 임 할머니의 일상은 매우 단조로웠다. 치매가 있어 본인의 이름, 아들, 딸, 밥, 이런 몇 가지 단어밖에 구사하지 못했다. 할머니는 밤이 되면 잠을 자고 낮이 되면 깨고 때가 되면 자원봉사자들이 먹여주는 밥을 먹었다. 간혹 섬망이 오면 밤이 되어도 잠을 자지 않았고 낮이 되어도 깨지 않았다. 때가 되어도 밥을 먹지 않아서 간호사나 자원봉사자가 애를 먹기도 했다. 하지만 대부분의 일상은 대체로 비슷하고 특별한 일 없이 주무시고 드시는 일이 반복됐다.

몇 년째 병실에서 그런 삶이 반복되면 타인이 느끼기에는 할머니가 마치 구십 평생을 그렇게 살아온 것처럼 착각하게 된다. 할머니에게도 젊은 날이 있었고 스스로의 힘으로 걸어 다니던 날이 있었겠지만 할머니를 보살피는 이들 그 누구도 할머니의 그런 날을 알지도 못하고 떠올리지도 못한다. 그들의 주요 관심사는 할머니가 오늘 변을 잘 봤는지 설사하지는 않았는지, 식사를 얼마나 했는지 같은 것들일 뿐이었다. 할머니의 정정했던 마지막 모습을 기억하는 나이든 간호사의 말에 따르면 그나마 인지기능이 남아 있던 때 할머니는 늘 이런 말을 했다고 했다.

"어떻게 된 게 죽지를 않아…."

아들도 딸도 먼저 죽었는데, 먼저 간 자식들을 보려면 자신이 죽어야만 하는데 어찌된 게 나만 죽지를 않느냐며 늘 한탄을 하셨다는 것이다. 할머니는 죽음이 찾아오기를 목 빠지게 기다렸다. 나는 그런 할머니에게서 죽음을 기다리는 동시에 아직 죽지 않은 사람의 모습을 보았다.

미사(未死).

아직 죽지 않은 자. '살아 있는'보다 '아직 죽지 않은' 편에 더 가까운 사람들이 있다. 그런 이들이 죽음을 기다리는 시간은 우리가 생각하는 이상으로 길고도 무겁다.

"아들아, 딸아, 보고 싶다. 임연례."

아주 오래전에 자원봉사자들이 만들었다는 소망나무에는 할머니의 소망과 이름이 쓰여 있었다. 몇 년 전인지 정확히 기억하는 사람은 없지만 임연례 할머니는 아들딸이 보고 싶다는 이야기를 자주 했었다고 했다. 소망나무에 걸렸던 할머니의 소망은 자식을 보고 싶은 소망이었으나 역설적으로 죽음에 대한 소망이기도 했다. 결국 임연례 할머니가 하는 일은 하루하루 죽음을 기다리는 일이었다.

내 환자 중에 치매를 앓고 있는 88세 암 환자이자 명예 교수님이 있었다. 그는 한때 대학을 호령했던 호랑이 같은 교수님이었다. 학교에서 많은 일을 했고 많은 제자들을 길러냈으며 그 많은 제자들의 존경을 받았던 사람이었다. 내가 그를 만났을 때는 그의 몸을 갉아먹던 암이 이미 뼈에도 전이되어 있었다. 다행히 부작용이 거의 없는 항암약을 드시면서 그럭저럭 잘 지내고 계셨지만 문제는 아흔에 가까운 나이와 치매였다. 예전의 총기는 점차 사라지고 기억력은 점점 쇠퇴해갔으며 같은 말을 반복했다. 여든 중반까지는 그럭저럭 괜찮았다. 외래 진료를 받으러 오셔서 농담도 잘하셨고 오실 때마다 장난스럽게 거수경례로 인사하시기도 했다. 환자가 많아서 힘들지 않은지 다정하게 챙겨주시기도 했다. 그게 5년쯤 전의 일이다. 그 시기를 기점으로 교수님은 매달 확연히 달라졌다. '꺾어지는 팔십'은 다른 숫자들에 비해 무겁고도 빨랐다. 그러나 가족들이 느끼는 변화의 시작은 10년 전이었다.

교수님만 치매였으면 그나마 다행이었을 텐데 교수님의 부인도 연세가 팔십 중반을 넘어서며 서서히 치매 기운이 나타나고 있었다. 결국 두 노인을 모시는 것은 오롯이 외동따님의 몫이었다. 집에 요양 간병인을 두었으나 그 간병인 혼자 두 노인을 다 모시기는 어렵고, 두 분이 함께 있으면 하도 싸우는 바람에 두 치매 노인을 따로따로 모셔야 했다. 치매가 심한 아버지는 댁에, 그나마 치매가 덜

한 어머니는 실버타운에. 따님의 일상은 부모님이 잘 계신지 확인하고 밤새 있었던 일에 대해 간병인의 이야기를 듣고 치매 어르신이 반복하는 같은 이야기를 듣는 것이 되었다. 따님은 병원에 올 때마다 눈물을 쏟아냈다.

"많이 힘드시지요…."

"딸인 제가 그러면 안 되는데…, 제가 혼자 해야 하는 일인 건 맞는데 힘든 건 어쩔 수가 없네요."

누구에게도 부탁할 수 없는 삶의 무게만큼 눈물이 방울져 흘렀다. 본인의 나이도 환갑이었다. 그녀 역시 젊지 않았다. 어디 가면 '할머니'라는 호칭이 낯설지 않을 나이였다.

"제가 나쁜 년 같아요."

한참을 울다가도 그녀는 자책했다. 그 마음이 이해되지 않는 게 아니었다. 항암약은 보험도 되지 않으니 그간 부담도 꽤 되었을 것이다. 24시간 입주 간병인을 쓰고 있으므로 그 비용도 한 달에 200만 원 이상은 너끈히 들 텐데 실버타운 비용과 비보험 항암제 비용까지 합하면 부담이 안 될 수 없다. 경제적으로는 괜찮으시냐는 질문에 아주 넉넉한 편은 아니어도 돈 때문에 못 모실 정도는 아니라는 대답이 돌아왔다. 그러나 그 속사정을 내가 다 알 수는 없었다. 먹고 자고 누워 있는 삶이라고 해도 생을 유지하는 데에는 돈이 든다. 효도는 이상이고 도덕은 뜬구름이지만 현실은 돈이다. 앞으로도 괜찮을지는 걱정이 되었다.

환자 삶의 의미는 환자 스스로 부여하는 것일 테지만 병원에는 스스로 판단이 어려운 환자들이 있다. 신생아 중환자실의 환아, 뇌 질환으로 쓰러져 있는 신경외과 환자, 인공호흡기를 달아놓아서 의 식이 없는 호흡기내과 환자 등, 결국 이들의 삶은 다른 누군가가 결 정하게 된다. 대개 그 다른 누군가는 가족이지만 가족도 이런 일은 다들 처음 겪는 일이고, 가족이라고 해도 환자 입장을 늘 100퍼센 트 대변할 수도 없다. 비슷한 일을 겪은 친척이나 친구들에게 조언 을 구하긴 해도 누군가의 입장을 대신 판단해주는 일은 가까운 관 계에서도 늘 어렵다.

나는 고민이 깊어졌다. 기계적으로 습관적으로 약을 처방해왔지 만 항암약을 계속 쓰는 것이 어떤 의미와 가치가 있는 행위인지 점 차 알기 어려웠다. 내가 교수님에게 항암약을 쓰지 않았더라면 어 떻게 되었을까? 고민만 거듭하다가 다른 교수님에게 상담을 청했 다. 환자가 된 그 분을 아실만 한 나이 많은 교수님이었다.

"선생님, ○○○ 교수님 아시지요? 그분이 제 환자 분이신데 고 민이 좀 됩니다."

그런데 그 교수님의 첫 반응이 예상 밖이었다.

"아… ○○○ 교수님.…돌아가시지 않으셨나?"

타인에게 그에 대한 기억은 '돌아가셨다'로 남아 있는 모양이었다. 이미 사람들은 그의 존재를 잊어가고 있었다. 당혹스러웠다.

"잠깐만, 아직 살아 계신가. 가만… 내가 레지던트 때 교수님이셨으니… 지금 살아 계시면 90세 다 되신 거 아닌가?"

나는 여든여덟의 노인에게 항암약을 처방하고 있다는 사실을 털어놓았고 그게 옳은 치료인지 잘 모르겠다고 고백했다. 환자가 치매가 있어서 인지기능이 많이 남아있지 않다는 사실도 털어놓았다. 잠자코 이야기를 듣고 계시던 그 교수님은 가타부타 말씀이 없었다. 치료를 계속 해야 할지 의견을 물으니 그 교수님은 긴 침묵을 깨고 짧게 이야기했다.

"가족분들이 많이 힘드시겠구나…."

나는 그의 말뜻을 단박에 이해했다. 그리고 결심했다. 더 이상 항암치료를 하지 않기로.

다음번 외래에서 환자의 암 수치가 올랐다. 평소 같으면 의미 없는 상승으로 보고 항암치료를 계속할 법한 정도의 수치였다. 항암약을 더 쓰면 종양이 천천히 자라게 만들 수 있고 그러면 몇 달의 시간이라도 더 벌어볼 수도 있었다. 하지만 나는 연장되는 그 시간의 싹을 자르기로 마음먹었다. 보호자인 따님에게 내 뜻을 전했다.

"항암약이 큰 의미가 없어요. 안 되는 거예요. 암도 나빠지고 있고요. 오늘부터는 항암약을 중단할까 해요."

따님은 다시 울었다. 얼마 전만 해도 이렇게 사시느니 차라리 돌아가시는 게 더 낫겠다고 했던 터라 담담하게 받아들일 것이라 생각했는데 아니었다. 그러면 아버지가 돌아가시는 게 아닌지 재차 물어왔다. 그 복잡다단한 마음이 이해되었다. 그 예순의 따님이 그저 안쓰러울 뿐이라 나는 아무 말도 할 수 없었다.

아흔이 다 된 치매 아버지와 여든 중반의 치매 어머니의 병수발을 해야 하는 예순의 노인의 어깨는 너무 무거워 보였다. 그것은 그가 반드시 짊어지고 가야 하는 무게라기보다 마치 누군가가 얹어 놓은 무게 같았다. 따님은 그것이 자신의 운명이라고 생각하는 것 같았다. 아니 어쩌면 다른 선택의 여지가 없기 때문인지도 모르겠다. 삼십 대 자녀에게 조부모 봉양을 부탁할 수도 없는 노릇 아닌가?

아흔 언저리의 고인의 장례식장 풍경을 본 적 있는가? 그곳에서 죽은 이에 대한 안타까움은 드물다. 망자의 죽음을 슬퍼해줄 친구들이나 선후배들은 이미 먼저 세상을 떠났을 확률이 높다. 결국 장례식장에 오는 사람이라고 해봐야 유가족의 지인들이고 사실만큼 사셨다는 말들이 훨씬 더 많다. 고인에 대한 추모보다 유가족의 고생을 먼저 생각한다. 그래서 그런지 아흔 노인의 장례식장 풍경은 대개 무겁지 않다.

따님은 결국 항암치료 중단을 받아들였고 그 이후로는 따님 혼자 와서 약을 타 가게 되었다. 환자는 점점 노쇠해졌다. 암이 진행

되면서 쇠약해지는 것인지, 연세가 아흔이 다 되어가면서 자연히 약해지는 것인지 구분이 어려웠지만 어느 쪽이든 달라지는 것은 없었다. 이미 환자의 생사는 우리 손을 떠나 예정된 결론을 향해 달려가고 있었다.

지나간 10년의 세월을 돌아보며 환자가 된 그 교수님이 아직은 괜찮다고 말할 수 있었던, 여든 초반에 돌아가셨다면 어땠을까 생각해본 적이 있다. 주변 사람들은 그를 참 멋진 사람으로 기억했을 텐데. 10년의 시간을 연장시킴으로써 사람들이 그를 어떻게 기억하게 될지 생각해보면 마음이 어지러웠다. 혹여 가족들도 그를 힘들게 봉양해야 했던 노인으로 기억하게 되면 어쩌나. 내가 항암치료를 너무 열심히 해서 팔십 평생 쌓아온 그의 멋진 인생을 망쳐놓은 것이 아닌가. 돌아보면 그를 치료해온 그 기간 동안 몇 번의 위기가 있었는데 그때 돌아가셨더라면 환자나 가족들 모두가 행복할 수 있었던 게 아니었을까.

오래 살고 싶은 것은 인간의 본능이고 생명은 고귀한 것이라고, 개똥밭에 굴러도 이승이 행복하다고 이야기하기는 쉽다. 입으로 도덕을 외치고 윤리를 말하는 일도 참 쉽다. 똥 치우며 병수발하고 비용 부담하긴 어려워도 말하기는 쉽다. 하지만 당신이 정말 사랑하는 사람이 살아만 있을 뿐 인간다움을 완전히 잃는다면 그때에도 그렇게 쉽게 말할 수 있을까? 혹 당신이 그런 상황이 된다면, 혹은 인지 기능 없이 단순히 숨만 쉬는 상태가 된다면 그런 상태로 몇 년 더 사는 것을 간절히 원하게 될까?

물론 내가 판단할 수 있는 영역이 아니고 내가 판단해서도 안 되는 영역이다. 내게는 의미 없어 보이는 삶도 당사자에게는 의미 있을 수 있기 때문이다. 하지만 아흔이 넘은 망자의 장례식장에서 마주하는 가벼움을 생각해볼 때, 죽지 않은 세월이 산 세월을 좀먹어버린다는 생각이 지나친 것인지 잘 모르겠다. 기억을 잃고 스스로를 잃고 아무것도 남아 있지 않은 채 단지 '살아만' 있는 환자들을 마주할 때, 내가 그 같은 시간을 늘려온 것은 아닌지 책임과 죄스러움을 느끼곤 한다. 의사로서 최선을 다하지만 최선을 다하는 것이 최선인지는 이번에도 알 수가 없었다.

마지막 뒷모습

첫 만남, 첫사랑, 첫눈, 처음 학교 가던 날, 첫 월급…. 우리는 대부분 첫 순간을 잘 기억한다. '처음'의 순간은 누가 뭐라고 해도 분명하고 저마다 거기에 많은 의미를 부여하기 때문이다. 하지만 많은 경우 '마지막'은 잘 모른다. 그 순간이 마지막이었음은 늘 지나서야 깨닫기 때문이다. "아, 그게 끝일 줄 몰랐지"라는 말이 낯설지 않은 것처럼. 그래서일까? 처음이 긴장과 설렘으로 수식된다면 마지막은 쓸쓸함과 아쉬움, 후회 같은 단어가 뒤따르곤 한다. 그건 그게 마지막일 줄 알았더라면 그렇게 끝내지는 않았을 텐데, 하는 경우가 많기 때문이 아닐까?

어쨌든 수많은 처음과 마지막이 있을 테지만 우리 인생의 가장 처음과 가장 마지막은 탄생과 죽음이다. 그리고 살면서 맞는 여러 종류의 처음과 마지막과 달리 이 시작과 끝은 내가 아닌 타인의 기억으로 남는다. 또한 탄생은 내 의지와 무관하게 맞는 것이지만 죽음만큼은(불의의 사고만 아니라면) 준비할 수 있다. 언젠가 분명히 '죽음'의 순간이 온다는 건 사실이고 우리는 그 사실을 알고 있기 때문이다. 나는 그 점이 몹시 다행이라고 생각한다. 하지만 대부분 많은 사람들이 이 '준비할 수 있는 죽음'을 '어쩌다 갑자기 맞는 죽음'으로, '이렇게 죽을 줄 몰랐지'로 끝내고 있는 게 아닐까 싶다.

아버지가 돌아가셨을 때의 일이다. 아버지의 폐암이 진행되면서 손을 놓아버린 무렵이었다. 아버지는 그날도 심한 두통과 전신 통증에 시달리셨다. 식사도 며칠째 제대로 못하신 상태라 집에서는 도저히 감당이 안 돼서 병원에 입원을 하셨다. 내가 학교에 간 사이에 어머니가 아버지를 급히 병원으로 모셔서 나는 아버지가 입원하신 사실을 몰랐다. 학교에서 집으로 돌아왔을 때 텅 빈 집에는 대충 닫아둔 약병과 아무렇게나 구겨놓은 약봉지, 개다 만 옷가지와 미처 치우지 못한 그릇 같은 것들이 어질러져 있었다. 그것이 아버지의 마지막 외출이 될 것이라고는 아무도 생각하지 못했다. 오래 버티시지는 못하리라고 짐작은 했지만 그 끝이 그토록 갑작스러울 줄은 누구도 알지 못했다.

집에 남아 있던 아버지의 물품들은 장례식이 끝나고 치웠다. 장례식이 끝난 뒤에 아버지가 머무시던 방과 집안 곳곳을 정리하기 시작했다. 곳곳에 아버지의 물건들이 고스란히 남아 있었다. 수많은 약들과 쓰시던 필기구, 오래된 책들, 이미 오래전에 입지 않게 된 옷가지, 쓰지 않게 된 잡동사니들이 가득했다. 아버지도 나름대로 준비를 하셨겠지만 떠나는 순간이 이렇게 갑자기 찾아올 줄은 모르셨을 것이다. 알고 계셨다면 아버지는 아마 이 모든 것들을 이렇게 남겨두시지는 않았을 것 같았다. 나는 그때 아버지를 추억할 몇 가지만 남겨두고 그 밖의 많은 것들은 모두 정리했다.

수많은 죽음을 목도하는 종양내과 의사이지만 마지막을 예감하고 뒷정리를 하고 나오는 환자를 별로 보지 못했다. 임종을 앞둔 말기 암 환자조차도 집을 나서면서 이 외출이 집을 나서는 마지막이 될 거라고 생각하지 않는다. 병원에 머무는 것은 '잠시'일 거라고 생각하지만 대개는 그 상태로 '갑자기' 임종을 맞는다. 아마도 대부분 그 집에도 내 아버지의 남은 물건들처럼 고인이 미처 정리하지 못한 많은 것들이 그대로 남겨져 있을 것이고, 그것이 그 고인의 마지막 흔적이 될 것이다.

내가 목격한 마지막 뒷모습은 때로는 정리되지 않은 돈이었고 사람이기도 했는데, 그것들은 대체로 시끄럽고 혼란스럽게 뒤얽혀 고인에 대한 슬픔을 넘어 분노로, 지리멸렬함으로 끝나고는 했다.

고인이 정리하지 못한 관계들이 남아 있는 이들을 괴롭게 하는 경우도 부지기수였다. 결국 지켜보면 무엇이든 간에 정리되지 않고 남은 것들은 대개 아름답게 기억되지 못할 것들이었고, 남은 사람들이 해결해야 할 그 무엇이 되었다. 그리고 그것이 고인의 뒷모습으로 남았다.

그래서 그럴까? 나는 종종 그조차도 책상 정리를 하듯이, 집을 치우듯이 평소에 정리해둬야 한다고 생각했다. 나의 흔적들을, 나의 관계들을, 나의 많은 것들을 오늘 집을 나서면 다시는 들어오지 못할 수도 있다는 마음으로 살펴야 한다고. 오늘이 마지막인 것처럼 여기고 지금의 내 흔적이 내 마지막 모습이라고 생각하면 덜 어지르게 되고, 더 치우게 된다. 좋은 관계는 잘 가꾸게 되고 그렇지 못한 관계는 조금 더 정리하기가 쉬워진다. 홀가분하게, 덜 혼란스럽게 자주 돌아보고 자주 정리하게 되는 것이다.

쉬운 일이 아니다. 나부터도 잘하지 못한다. 삶에 대한 의지와 집착은 한 끗 차이이고, 지금 이 순간이 마지막일지도 모른다고 생각하고 사는 것은 일단 마음부터 편하지 않은 일이니까. 그럼에도 불구하고 이런 생각을 하는 것은 내가 떠나고 난 뒤 타인의 기억에 남을 내 마지막이 어떻게 남았으면 좋겠다는 바람이 있기 때문이다. 그것을 생각해보는 것과 아닌 것의 차이는 내가 떠난 뒤에만 있지 않다. 지금 이 순간에, 이 삶에서 드러난다.

이야기를 마치며

세상 모든 사람에게는 각자의 살아온 인생이라는 것이 있다. 사람들은 저마다 나름대로의 삶을 살아간다. 그러나 어떤 행로를 걸어왔든 종착역이 죽음이라는 것만큼은 모두가 같다. 다만 그 종착역에 닿는 모습은 또 각기 다르다. 마지막 순간이 되면 사람들은 지금까지 그러했듯이 저마다의 방식으로 스스로의 삶을 정리하고, 저마다 다른 모습으로 종착역에 당도한다.

20년 가까운 시간, 나는 종양내과 의사로서 많은 환자들이 삶을 정리해가는 과정을 쭉 지켜봐왔다. 예정된 죽음 앞에서 그들이 드러내는 삶의 속내를 들여다보면 때때로 가슴이 먹먹해지곤 한다.

내 삶에서도 그들의 모습이 아른거리기 때문이다. 한동안 잊고 있었던 내 삶의 얼굴이 다른 이들로 인해 드러나게 될 때 거울을 보는 기분으로 내 삶과 죽음을 마주한다. 내 환자들의 삶과 나의 삶은, 아니 우리의 삶은 다른 듯 닮았다. 아마도 죽음 역시 그러할 것이다.

삶을 잊고 있을 때 떠나간 환자들이 들려준 이야기에 귀를 기울인다. 그들의 마지막은 언제나 나를 향해 묻는다. 언젠가 당신도 여기에 다다르게 될 텐데 어떻게 살고 있는가? 어떤 모습으로 여기에 당도하고 싶은가? 나는 그 질문을 받을 때마다 정신이 번쩍 들고 다시 한번 생의 감각이 팽팽해진다. 어쩌면 죽음만큼이나 삶으로부터 가장 가까운 곳에서 살고 있는지도 모른다.

우리는 죽음만 잊고 사는 것이 아니다. 삶도 잊어버린 채 살아간다. 지금 이 순간 내가 살아 있다는 것, 이 삶을 느끼지 않고 산다. 잘 들어보라. 삶을 잊은 당신에게 누군가는 계속 말을 걸어오고 있다. 우리보다 먼저 종착역에 당도한 이들은 지금 이 순간의 삶을, 주어진 시간을 어떻게 살아낼 것인지 묻는다. 이제는 남아 있는 우리가 우리의 삶으로서 대답할 차례다.